熱情的靈魂
不起皺 ●●

林治平
精選文集

2018 ——————— 2023

林治平 著

目錄 Contents

熱情的靈魂不起皺

代序

宇宙光走過 50 年，生命事奉理念的思考

我在急難中求告耶和華，他就應允我，把我安置在寬闊之地。——詩篇一一八篇 5 節

保羅寫道：我們為你們所存的盼望是確定的，因為知道你們既是同受苦楚，也必同得安慰。——哥林多後書一章 7 節

宇宙光今年五十週年，最近的氣氛越來越濃厚，7 月 29 日禮拜六我們有「老同工回娘家」的聚會，心裡實在感動——那麼多曾經在宇宙光服事的人，懷著一份感恩的心，熱切回到宇宙光來團圓。今天我也回顧宇宙光的故事，整理了自己的一些見證，我事奉主那麼多年，在宇宙光就有五十年，宇宙光之前有將近二十年左右，在教會、在團契裡面，跟年輕人在一起，神也開路。

在宇宙光的事奉當中，前面出現的兩節經文，可以做為代表——困難重重，但是都歷險如夷地過去了。

上帝的話語引導我們；每次我們遇到困難的時候，總有一些話語出現。當我回想過往，我突然想把一些很重要的觀念整理出來，因為這些觀念在過去五十年深深影響著宇宙光的事工。聽過這些觀念的同工，我們就為此獻上感恩；還沒聽過的

同工，就求主讓我們有機會去經驗，因為「經驗」比「知道」更重要，「知道」有時讓我們很驕傲，「經驗」則能讓我們感恩與謙卑──因為沒有一件事是我們自己做的。

這些觀念是對於生命事奉理念的思考，我們到這裡是來事奉，而不是來上班，「老同工回娘家」那天，差不多有六十位同工回來，有些同工也來跟我反應：「宇宙光真是一個很獨特的地方。」一路走來，我們一起歡喜快樂，數算主恩，把過去的一切歸在神的榮耀中。

以下我所分享的這些事奉理念，也許是你的經驗，也許是第一次聽聞，也許是你正在努力追尋的。無論如何，我邀請你一起來想一想：

1. 後現代人最大的悲哀是：
   錯誤的前提＋
   正確的推論＋
   狂熱的執行＝
   萬劫不復的悲劇。
2. 事奉工作的終極目標是：
   一個人陪伴另一個人，
   讓兩個人越來越是人，
   活出豐盛的生命。

3. 有關「看見」與「知道」的思考：

   知道「不知道的知道」，是真正的知道；

   看見「看不見的看見」，是真正的看見。

   人在「看見看不見的看見」與

   「知道不知道的知道」中，

   跨步前行，就是成長。

4. 有關「福音預工」的思考：

   ●倒水入杯，必先去除瓶塞杯蓋；

   　撒種入田，必先清除雜草荊棘。

   ●今天不制沙！明天便自殺！

   　在福音土壤一片沙漠化的今天，制止土壤沙漠化的工

   　作實為首要。

   ●水深之處，去傳福音：

   　如果我們只在教會的四面牆壁之內傳福音，

   　那麼教會的四面牆壁便成為福音的監獄。

   　我是誰？

   　竟敢把上帝福音的種子，捆鎖監禁在教會的四面牆壁

   　之內。

   ●撒種比喻的詮釋：

   　種子沒有問題，

   　撒種的行動也沒有問題；

問題是我們把種子撒到哪裡去了。

路旁？

土淺石頭地？

荊棘雜草中？

都不行！

唯有撒在好土中，

才能結實三十倍、六十倍、一百倍。

5. 有關奉獻的思考：

奉獻不是：

五餅二魚除五千分給五千人。

何等悲壯！

何等有限！

何等可憐！

奉獻是：

五餅二魚乘五千，加十二籃零碎，

滿足眾人缺乏需要。

經歷上帝！超越自己！看到神蹟！

6. 有關服事上帝的思考：

服事的路是一條經歷從「不可能」到

「完成了」的神蹟之路。

走在這條往前看似乎困難重重、力不能勝的路上；

回頭一看，

沿路竟是百花齊放、蟲鳥唱鳴，

陪伴推動我們歡唱生命樂歌，

快步踏進上帝祝福引領的康莊大道上。

7. 不是人找上帝，乃是上帝在找人。

8. 人是上帝用地上有限、可觀測的塵土，

及上帝無限、不可測度的心靈與誠實，

按照上帝的形像與樣式，

創造存在的有靈的活人。

9. 你是世界上獨特的一位；

今天的你是上帝給你的禮物；

將來的你是你給上帝的禮物。

You are the unique one in the world,

what you are is God's gift to you;

what you will be is your gift to God.

（Hans Urs von Balthasar）

10. 歲月，可能會使你的皮膚起皺紋；

放棄熱情，一定會使你的靈魂起皺紋。

Years may wrinkle your skin,

but to give up enthusiasm, wrinkles your soul.

（Samuel Ullman）

11. 愛就是在別人的需要上看到自己的責任。（德瑞莎修女）

愛他，就是不要放棄他。

12. 全人（Holistic)一辭，源自希臘，意思是：

把看得見的部分，

加上看不見但卻確實存在的「什麼」，

整合在一起思考。

13. 後現代文化社會是指：

一群活在單面相人（one-dimentional-man)、

去人化（dehumanization) 文化社會衝擊下的人群聚落，

是一群活在「去人化」過程中，凡事物化、追求感覺經驗的人。

14. 歷史不僅是一些發生在過去的事件，

它也能跨越過去，

圍繞陪伴活在今天的每一個人，

走向明天，

形成未來的文化。

15. 當E化科技以雷霆萬鈞之力、不著痕跡地摧毀

我們傳統的人文結構、文化模式、行為方式的時候，

我們的回應是什麼？

順著潮流，追尋 E 化？

或深入思考，提出抗衡？扮演適當角色？

　　以上的 15 種生命事奉理念，在我們這一代人的成長過程中，有相當大的影響力，它們提醒我們要去面對挑戰，同時有所反思。我期望這些觀念，可以讓大家常常思考生命的意義與價值，好幫助各位在事奉的時候，面對類似的情況時，可以有所得著與突破！

2023 年 8 月 2 日的「林哥時間」

在宇宙光晨更分享

PART I
信仰與生命意義

找到你自己的大提琴

在我們日常生活中，「請問：『你是誰？』」是我們經常被問到的問題。對這個簡單的問題，我們通常會快捷明確地用自己的姓名回答提問的人：「我是某某某！」在這種情形下，似乎只要知道一個人姓甚名誰，就能知道那個人是什麼人了。

認識一個人，真的只是這麼簡單的一回事嗎？只要知道他姓甚名誰，就能知道他是一個什麼樣的人了嗎？恐怕不真是那麼簡單吧！「人是什麼？」「我是誰？」這些看似簡單的問題，不是從古到今一直困擾我們、令我們百思不得其解的難題嗎？

其實，只要是人，我們就會不斷地問自己：「我是誰？我是誰？我到底是誰？」我們也喜歡追問：「你是誰？你是誰？你到底是誰？」這兩個基本的問題，沒有搞清楚之前，人是無法與自己建立關係、了解自己的；一個人連與自己建立關係、

了解自己都無法完成，他當然也無法告訴另一個人有關自己是誰這個問題；更遑論盼望要求他去認識、了解、建構與另一個人的關係。

「人是什麼？」這個大哉問，看來是無法用人的理性頭腦測度分析出來的。因為人之所「是」，是先於人之「存在」而有的。聖經創世記一章 1 節開宗明義告訴我們，宇宙萬物的源起，只用了「起初、上帝、創造」六個字。

簡單地說，宇宙萬物都有一個從無到有的創造過程，連我們分分秒秒所經歷的時間，也是在創造之後才有的。而一切的有、一切萬物的產生，均在先於時間而存在、自有永有上帝的計畫操控中。上帝對宇宙萬物的創造，是說有便有、命立便立的；但是談到人的受造，則顯然有所不同。

根據聖經創世記的記載，人是上帝用地上的塵土、按照上帝自己的形像與樣式所造出來的，是一個「有靈的活人」，因此能與「是靈」的上帝相通。從創世記的記載中，我們可以看到，上帝的創造有先後順序，並且各從其類。凡上帝所造的，都有其不可改變、不可混淆的秩序與意義。

在創世記中，我們看到，每一個階段的創造之後，聖經都寫著「上帝看著是好的」這幾個字；但在創造人之後，創世記寫的卻是：「上帝看著一切所造的都甚好。」於是上帝告訴亞當跟夏娃，除了分別善惡那棵樹上的果子不可吃，他們可以隨

意享用園中所有結種子的菜蔬，和樹上所結有核的果子，並且把修理看守上帝一切所造萬物的重責大任交付給他們。

由此可知，在基督教的神學觀點中，宇宙萬物都各從其類、各具特質，不可跨越變亂。人類雖在眾生之間，卻有其從創世以來，由上帝所賦予的獨特尊嚴，以及不可毀損的生命特質。自古以來，只要是人都會在這個節骨眼上反覆追尋求問。

中國孟子就曾在〈離婁下〉十九章說：「人之所以異於禽獸者幾希。」在孟子看來，這「幾希」之處，指的就是仁義而已。雖不巨大明顯，但確是人與禽獸的不同之處。在中國儒家傳統的眼中，人與禽獸雖有許多相似雷同之處，但只有人能有意識地認清分辨，何為仁義之道；並且有意識地遵行仁義之道，從此人禽分別，不可混淆。萬事萬物既然各從其類，自有其絕對神聖意義在焉，豈可錯亂混淆？

剛過去的 2017 年，是馬丁路德張貼「九十五條論綱」五百週年紀念，宇宙光為這個特別的紀念日，推出一連串的紀念活動。從馬丁路德的生命故事中，我們會發現，人不僅是活在看得見、摸得著、想得通的現實生活中；人傾盡心力，在看得見、摸得著、想得通的現實生活中打拚奮鬥之餘，更會被一些比較抽象、無法即時體驗了解的生命意義與價值問題，緊緊纏繞，無法自拔。諸如：

「我是誰？」

「我從哪裡來？」

「活著的意義何在？」

「苦修打拚、努力掙扎，就能找到生命意義、人生答案？」

「人死了以後要到哪裡去？」

「死亡是什麼？」

　　在馬丁路德的生命故事中，他自幼在嚴酷家教及學校教育中，辛苦努力掙扎成長。但是所有外顯的成就，都不能回答他主體內在的疑慮困惑，特別是年輕時，一連三次因面臨死亡的威脅，逃入修道院中，苦修求道卻不得的經驗，終於使他在絕望之時，從保羅的經驗中，發現上帝早已為人類預備好的救贖恩典；人來到上帝為人類預備好的救贖恩典之前，只需憑藉信心，接受上帝藉著耶穌基督所成就的救恩，恢復上帝原先創造人的榮美形像，成為一個有上帝形像與樣式的「有靈的活人」，因而活出更豐盛的生命見證。

　　有了這層生命的了悟，馬丁路德成為一個新造的人，舊事已過，都成為新的了。原來我們每一個人，無論外在擁有的是多是少，上帝從不在意；正所謂：「君王也好，乞丐也好，可以同時並肩跪在上帝面前祈禱。」上帝看到的既不是君王，也不是乞丐，而是一個一個的人。祂所看的是「人之所是」，而

不是「人之所有」。誠如保羅所說：我們原是他的傑作，是在基督耶穌裡創造的，為著叫我們行在上帝早先預備好了的良善事工中。（參以弗所書二章 10 節）

原來我們都是那位創造者的「傑作」，從基督教信仰來看，上帝不僅創造我們，而且是有計畫、有目的，精心設計地創造了我們。有了這樣的信念成為我們生命的前提，然後再跨步向前，行走人生生命路程，向著標竿直跑，生命的獎杯，遙遙在望，路途或艱辛、或順暢，何懼之有？

可惜活在今生現世理性思考、物化科技、去神去人的文化社會框架中的現代人，只活在當下極其有限的理性經驗中，卻妄圖以自身現有有限的理性經驗，窺探上帝所造無限浩渺宇宙生命的奧祕。儘管他們殫精竭慮、耗盡一切，也許才稍能見到一點前人所未見。

但其所得結論，猶九牛一毛，掛一漏萬，必然無法窺探尋獲宇宙真相於萬一。以其所得，短期之內，雖可恣意縱橫，洋洋得意，但不旋踵即另有嶄新論述，將之增補改寫、甚至徹底推翻。所謂科學進步，即不斷有新知新論，推翻既有權威學說，另建解說架構理論。

一個真正的科學家，必然先是一個承認自己有所不知的人，然後謙恭自律，尋找上帝在創造時所定下「各從其類」的規律秩序。一個真正的科學家，從來沒有發明創造任何一個新

的規律秩序，他只是謙卑地找出這些從創世以來，就由創造者上帝精心設計設置在那兒的規律秩序，並且告訴大家小心謹慎地遵守這些規律秩序。

你也許會懷疑，宇宙間真有上帝嗎？近代科學發達以後，無神論者不是越來越多嗎？其實誰也無法證明無神，需知：有神無神都是前提信仰，證明有上帝，固然有其困難；證明沒有上帝，就更不可能了。誰能證明一件不存在的存在呢？有關這個問題的思考討論，著名的物理學家黃小石博士在他的著作《無神論的再思：盼望的緣由》（宇宙光出版）中，有詳盡深入、精采動人的探討分析，可資覆按，茲不贅引。

2017 年諾貝爾經濟學獎得主、芝加哥大學教授理查德‧塞勒（Richard Thaler），曾在 2003 年一次對大學畢業生的演講中，鼓勵年輕學生：「Find Your Own Cello.」（找到你自己的大提琴。）

在那篇演講中，塞勒以世界知名的華裔大提琴家馬友友為例，指出每個人均有不同的秉賦。馬友友出生在音樂世家，父親馬孝駿和姊姊馬友乘均是小提琴演奏家，母親盧雅文是聲樂家。馬友友不到三歲就接觸學習鋼琴、小提琴，但在他年僅三歲的時候就令人不解地愛上了大提琴，六歲時就在音樂會中演奏巴哈大提琴作品，從此確定他成為一位大提琴演奏家的地位。

從馬友友的故事，可見人在成長過程中，面對各種各樣可能性的選擇，必須經過一連串「消去的過程」（a process of elimination），早日「找到你自己的大提琴」，然後集中精力，把「你自己的大提琴」作為你自己的生命呼召、人生使命（life's calling），全力以赴，向前衝刺。

只有這樣，你才會在艱苦辛勞的過程中，確定目標、向前奔走，始終興致勃勃地繼續奮鬥。生命的意義、人生的價值，因此獲得滿足。只有在這個時刻，「我是誰？」「你是誰？」這些隱藏在日常生活中，有關生命終極問題的大哉問，才能找到答案。

在此，塞勒提出了「選擇」的重要性。人的一生，面臨不間斷的選擇，在伊甸園中，上帝就把選擇的自由賜給了亞當、夏娃，上帝對人的獨特與尊重，由此可見。人不是被先天本能限制的動物，每個人在上帝創造時，均有其獨特性，均有屬於他自己的「大提琴」。人唯有在上帝面前認識自己的獨特，找到自己的「大提琴」，才能知道「我是誰？」才能活出璀璨的人生，沉穩澎湃地演奏他的「大提琴」。

2018 年！宇宙光成立至今，已邁入第四十五個年頭了。而我何其有幸，在四十五年前、我三十五歲那一年，清楚明白上帝的呼召，找到了屬於我的「大提琴」，全心投入，成為宇宙光的志工，從事深入華人歷史文化、預備好土，以利福音種

子落土生長，開花結實三十倍、六十倍、一百倍的工作。

　　四十五年來，我與宇宙光一批同樣擁有自己「大提琴」的朋友同心協力，歡喜快樂地演奏上帝給我們的生命交響樂曲。誠如塞勒所云：「找尋屬於你自己的『大提琴』，永遠不會太晚。」（It's never too late to find your own cello.）我們準備好了，等待上帝交給我們曲譜手稿，辛勤排練、快樂享受每一場演出的機會。

　　親愛的朋友，請問：「你是誰？」你知道該如何回答嗎？

　　　　　　　　　本文刊登於 2018 年 1 月號《宇宙光》雜誌

「人」不見了！
「權」將焉附？

在近代所謂的文明社會，「人權」這兩個字，似乎越來越扮演最後終結討論決定性的角色。在許多滔滔不絕的辯論爭議中，只要一方提出「這是人權！」的論辯，似乎就宣示一切辯論到此為止。只要「人權」二字一出，辯論已達終點，別的論辯講了也是白講，一切免談。

然而「人權」是什麼？為什麼「人權」二字，在近代文化思想中越來越具有終極決定的權威地位？所謂的「人權」究竟是什麼？在人類的思想理念脈絡中，「人權」從何而來？人權的意義從何而來？

一些研究人權問題的學者指出，在古代的人類社會，其實沒有這種普世的人權概念。在那個遠古時代，一個人享有的權利，只是因為他身為某個團體的一分子，因而擁有由該團體賦予的某些特殊權利。這些權利是由該團體所屬各分子之間，為

求相互依存、持續發展而特別賦予的。

　　當代研究「人權」問題的學者認為，直到西元前六世紀，仁民愛物、武功強盛的居魯士大帝（Cyrus the Great）南征北討，建立了歷史上最龐大強盛的波斯帝國以後，卻以同樣的眼光，看待他所征服的各個不同種族膚色文化、不同教育程度及不同宗教信仰習俗的人民，並且善待尊重他們，一反從前成王敗寇、宗主奴隸的舊制。

　　居魯士大帝的態度及做法，看重的是作為一個人，他所普遍擁有的地位與權利。是以「人」為本體而出發，並堅持只要是「人」，就必需具備、屬於人不可轉移剝奪的人權觀念。這些在公元前六世紀前後，由居魯士大帝發布的文書，誠為人類思想歷史上革命性的重要文獻，一些人尊它為人類史上第一部人權宣言。從此以後，依個人與生俱來、享有某項不可移讓割捨之權利的思想，很快便傳播到美索不達米亞鄰近的希臘和羅馬等地。終於逐漸發展成今日人權思想的主流。

　　當然，現代人權思想，是經過長期歷史文化歷程淬鍊而逐漸形成的。尤其是十六世紀宗教改革運動興起以後，強調人與上帝的關係是一種直截了當的生命關係。

　　人是上帝按照祂自己的形像與樣式、用地上的塵土為原料所創造，並有上帝在人鼻孔中吹的一口氣，因此聖經稱人為「有靈的活人」。人，只要是人，他就是一個具有上帝的形

像與樣式、是一個有上帝氣息的有靈的活人，而聖經中耶穌清楚明白地說「上帝是個靈，所以拜他的必須用心靈和誠實拜他。」（約翰福音四章 24 節）。

　　尤其是馬丁路德宗教改革運動普遍開展以後，聖經中這種人所擁有的尊嚴、榮耀、獨特身分與地位，推動了中古以後的人權思想、社會變遷、文化重組等革命運動，寫下了今日歷史文化的重要篇章。尤其在十六世紀以後，人把聖經翻譯成各種文字，復因印刷術快速發展，而使聖經中有關人具有獨特尊嚴地位的信念，更為廣泛流傳，終於促成文藝復興運動以後，一連串歷史文化、社會思想連番快速改變的成果。

　　打開西方人權思想發展史頁，尤其是英國建立以議會為主體發展出來的君主民主制度，以及美國獨立建國以來發展的三權分立、總統憲政制度，都可以看到論述及形成人權思想的基礎，根本就建基在這種尊重神人關係為前提的論述基礎上。

　　根據維基百科簡括言之，所謂的人權指的是，作為一個人所享有的基本人權、自然權利及人類的基本權利，也就是「個人或群體因作為人類，而應享有的權利」。人權的許多價值以強化人的能動性並以普世（或曰普適）原則要求所有人應享有此天賦權利。所謂的人權就是要求「把人當人」，是人的哲學。人權包括生命權、自由權、財產權、尊嚴權及追求幸福的權利。從十七世紀以後，人權的種子在歐陸及北美經多年蟄

伏，終於逐漸加速，破土而出，勢如破竹般展現強悍不可遏止的生命力。

因此，十六世紀以後的文藝復興運動，可以說是人類歷史文化上的大覺醒時期，人們快速向過去說拜拜，甚至指控那是一段人不見了的黑暗時代。緊跟而來的是所謂的啟蒙運動，在那個時期有許多思想家振臂高呼去除黑暗，黎明晨光已然逐漸來臨。在一片理性思考的沉靜之後，科技實證的腳步踏出了整齊一致、令人眼花撩亂、快速不羈的步伐。人類終於快速踏入他自己設計、繪圖、施工完成的現代烏托邦。

現代化之夢可以說是近兩、三百年來，人類朝思暮想共同協力、亟於實現完成的美夢。有幸作為現代人的我們，何其幸運也在這個夢中有分。然而，當理性、正義、和平、人權、民主這些名辭脫口而出、響徹雲霄之際，我們的人生和生活究竟是一種什麼樣的人生與生活呢？

我出生在戰鼓隆隆的 1938 年，第一次世界大戰留下的戰鼓煙灰，不僅令戰前力主和平非戰的理性主義者垂頭喪氣、百思不得其解；更不可思議的是，緊接而來的第二次世界大戰，戰爭藉著現代化科技發展出來的武器，對人類社會造成毀滅性傷亡，更隨著科技進步，不分青紅皂白地面對一切，予以徹底毀滅。

更奇怪的是，經過兩次世界大戰慘痛的經歷，人似乎一點

也學不會理智告訴他該做的事情。人在吃飽喝足、盡情玩樂享受之後，該幹些什麼？該做些什麼？聰明的現代人仍然陷入一片迷茫，苦思不得其解。

人出了什麼問題？人是什麼？理性啟蒙、教育普及、科技發達、財富累積、社會開放，這些高呼已久的口號，到二十世紀五、六十年代似乎一個一個逐步達成，但是舊的問題還沒有完全解決，為了解決舊的問題而產生的新問題，卻排山倒海、迎面襲來，形成一種在富足享樂中徹底的失落感。

「失落！失落！」好幾位五十、六十年代諾貝爾獎得主竟然發出如此哀哀呼叫：「我們是失落的一代。」一個活在失落一代的人，也許擁有外在看得見、摸得著、想得通的東西，但也僅止於此。至於什麼是終極意義？什麼是絕對真理？什麼是人？我是誰？對這些問題的追尋探問，他們是找不到答案的，只好輕率地放棄尋找。

「沒有絕對！沒有真理！沒有上帝！」

一些後現代主義學者如此大聲宣告：「我所擁有的只是看得見的東西，我們只會從看得見的東西（it）與人連結建立關係（I-it relation），在我們的眼中，人不見了，人消失不見了（dehumanization）。」

在這種人不見了的情形下，那個人的宣告就變成終極最後的論斷。所以，當一個人大聲宣告「沒有終極！」時，他這句話是不是終極？「沒有真理！沒有上帝！」時，就沒有真理、沒有上帝嗎？在這樣的混亂中，要回答「人權」這兩個字，必須先回答「人是什麼？」這個問題，其答案才有意義價值，你說是嗎？先搞清楚「人是什麼？」依附人而生的「權」這個問題，才有可能獲得正確解答。

　　你問我：「人權是什麼？」請先回答我：「人是什麼？」
　　是的，人之不存，權將焉附？
　　你說對嗎？

本文刊登於 2019 年 9 月號《宇宙光》雜誌

接地氣！迎天氣！

接地氣？

最近幾個月在台灣一連串激烈的選舉戰爭中，「接地氣」的呼聲，一直甚囂塵上，流轉在政客或選民的眼前舌端，似乎誰也不敢、誰也不願輕忽錯過所謂「地氣」這個玩意兒。在這種情形之下，但見選舉造勢場上，眾人輪番上陣，爭相呈現一盤盤、一餐餐他們深信合乎「地氣」的產品美食，爭奇鬥豔，充滿信心、全力呈現。咸信合「地氣」者存，違「地氣」者亡。在任何情況下，只要抬出「地氣」兩字，誰曰不宜！誰敢拒抗？

然而，什麼是「地氣」？民之所欲就是「地氣」？眾人之所需所求就是「地氣」？「地氣」是如何形成的？這些大哉問，卻不是三言兩語所能說清楚弄明白的。

人存活在地球上，生老病死數十寒暑，精卵結合、受孕懷

胎、從生到死，吃喝拉撒睡，無一不與「地氣」相關相連。然而中國儒家所追問的「人之異於禽獸者幾希？」那「幾希」之處，從聖經創世記對上帝創造人的記載看來，上帝造人，除了使用祂所造的那塊屬於物質的泥土之外，人也是按照上帝的形像與樣式所造，這樣看來，人在上帝的創造計畫中，是兼有「地氣」與「天氣」的。

上帝在用泥土所造的人的鼻孔中，吹了一口氣，使他成為一個有靈的活人，得以與上帝相交相通。在上帝完成人的創造以後，上帝更將所造的人放在祂精心設計創造的伊甸園中，繁花茂果、悅人眼目，好作食物；鳥獸蟲魚、各從其類，欣欣向榮；百物相依、各按其時，成其美好。

上帝把祂所創造的人，安置在伊甸園中，並將修理看守、享用管理之責交付與人。難怪聖經要說上帝所創造的人是一個「有靈的活人」，而上帝是靈，人的存在既然源自上帝，那麼人與上帝的關係，必然就是一種超越物質肉體的心靈與誠實的關係了。

原來在上帝的創造計畫中，萬物共生共有、共存共榮，各有其獨立自主不可移讓之生存權利，亦有其相互依存、彼此退讓接納之生命義務。然而越至近代，理性主義思想深入人心，科學技術發展快速進步，使得人對自我權利之需求與享受，日益增生發展，難以遏止滿足。

面對權利，人人競逐，不肯稍有退讓；至於承擔義務，則不免斤斤計較，唯恐上當吃虧。依此標準思考討論，擴張權利、享受權利，似為「地氣」所向，較易為人接受，甚至人人追逐喜愛，視為理所當然。

　　上帝也在造人之前，妥善設計創造地上萬物，供人管理享用，不虞匱乏。至於與權利相對應的義務，雖則來自人內心與生俱有之必然，是一股「是人」就必須如此的內在感動與生命呼喊。這種與生俱來、隱之於心靈深處的生命悸動，正是「人之所以異於禽獸者幾希」的「幾希」之處。

　　相對於「地氣」，我特別將這種人所獨具的生命現象，稱之為「天氣」，是上帝創造計畫中，人所獨具與上帝相交相通生命的最大奧祕之處。可惜的是現代人越來越活在看得見、摸得著、想得通的理性主義感覺世界裡。

　　正如當年亞當夏娃在伊甸園一樣，雖然活在上帝為人所規畫創造「地氣」豐沛的樂園之中，卻依然選擇叛逆，獨獨貪念覬覦上帝特別設計、用以測試人對上帝話語是否忠誠順服到底的分別善惡樹上的果子。後果是藐視上帝吩咐他們吃了必定會死的嚴命，不顧一切，違逆「天氣」，偷食上帝嚴肅警告吃了必定會死的禁果。

　　從那時開始，人類便陷入亞當夏娃只顧「地氣」遠離「天氣」的循環悲劇中。一般人多半活在對「地氣」敏感，勇往直

前，唯恐失之交臂的情況中。然而人心觸動，聖靈交感，亦必有時而動，不可遏止。當其始也，「地氣」「天氣」內外交纏、相奪相爭，不分上下。繼續觀察，則見「地氣」日盛，「天氣」隱匿。

人被「地氣」所困，一遇「天氣」呼喚，往往陷入斤兩分明，錙銖必較；或偷斤減兩、能省則省。甚至挖空心思，逃漏抗爭，無所不用其極。於是「天氣」隱匿不顯，「地氣」執意蔓延。這種文化社會現象，終於形成了後現代文化社會關係逐漸走上「我─它」(I-it) 關係化，「我不見了」、「人不見了」、「神不見了」的一團混亂黑暗之中。

回顧上帝的創造，從起初到時空，有秩序有關係各從其類，成就美好，不可稍有偏差缺失，此正上帝智慧大能之展現。而亞當夏娃之失，不在偷食一粒禁果，乃在干犯天人秩序、違逆神人間之關係。當此「地氣」張揚，越界跨疆之際，求主打開我們的心，聆聽上帝從創世以來對我們生命奇妙奧祕的創造安排，活在祂的慈愛奇妙恩典中，享有沛然「地氣」，豐盛流暢，活出每一個璀璨今天；更有浩浩「天氣」，運轉不息，奔向榮耀永遠生命。

接地氣！

迎天氣！

求主率領我們走過病毒陰霾籠罩，跨越人性貪婪狂傲，迎

接另一個豐盛生命的春天。

後記

　　新冠病毒疫情災變陰影籠罩全球，人類似乎除了焦慮憂愁、一籌莫展之外，留下來的仍然只是焦慮憂愁、一籌莫展。這個現象對活在理性科技、唯物現實世界中越來越狂妄自大的現代人而言，無疑是一記當頭棒喝。

　　人是什麼？人最需要的是什麼？所謂「接地氣」，我們最需要的「地氣」究竟是什麼？到哪兒去找？而在當代「地氣」文化陰雲密布之際，世俗文化充斥著一大片一大片唯物無神的吶喊嘶吼。原來亞當夏娃伊甸園的悲劇故事，從來就沒有停止上演過。作為宇宙光的同仁，如何找到「天氣」與「地氣」的交融之處，陪伴讀者活在上帝所創「迎天氣」「接地氣」的恩典祝福中。誠如詩篇第八篇所云：

　　　耶和華——我們的主啊，
　　　你的名在全地何其美！
　　　你將你的榮耀彰顯於天。（1 節）
　　　你派他管理你手所造的，
　　　使萬物，就是一切的牛羊、
　　　田野的獸、

空中的鳥、海裡的魚，

凡經行海道的，

都服在他的腳下。（6-8 節）

使仇敵和報仇的閉口無言。

我觀看你指頭所造的天，

並你所陳設的月亮星宿，便說：

人算什麼，

你竟顧念他！

世人算什麼，

你竟眷顧他！

你叫他比天使微小一點，

並賜他榮耀尊貴為冠冕。（2b-5 節）

耶和華——我們的主啊，

你的名在全地何其美！（9 節）

　　這一段融合「天氣」「地氣」的禱詞，曾被人類首次登月的三位阿波羅 11 號太空人，在外太空登月行動中輪流朗讀，但願這些深透人心的禱詞，也能進入我們心靈的內太空，在天人大地之間，成為一座連接各方的橋梁。（完稿於 2020 年 3 月 9 日）

本文刊登於 2020 年 5 月號《宇宙光》雜誌

向著標竿直跑

　　東吳大學係由美國監理會（今之衛理公會）於 1900 年籌設，1901 年春，開始招生，迄今創校已達一百二十年。東吳大學最早稱為東吳大學堂，以「Central University of China」之名向美國田納西州政府註冊，1908 年註冊名稱更改為「Soochow University」，是在華成立最早的現代大學。

　　主要創辦人是清朝時期在華宣教、深入華人文化思想社會、從事教育出版事業而影響深遠的宣教士林樂知（Young J. Allen）等人。這些精通中西文化思想，虔誠忠心、愛神愛人、熱心宣教奉獻的宣教士，早在 1879 年起，先後在蘇州創辦博習書院（Buffington Institute）、宮巷書院（Kung Hang School），在上海創辦中西書院（Anglo-Chinese College），投身教育文化、參與《萬國公報》等文字宣教、社會關懷工作，是中國思想現代化過程中影響深遠的重要人物。

1900 年監理會決議將三個書院合併，以宮巷書院為基礎，在蘇州天賜莊博習書院舊址，擴建為大學。1900 年 12 月制定校董會章程，推林樂知（《萬國公報》等創辦人）為董事長、孫樂文（David L. Anderson）為創校校長，成為二十世紀初中國第一所民辦大學，並以聖經以弗所書四章 13 節「Unto A Full Grown Man」為設校校訓，培育學生「長大成人，達到基督完全長成的身量。」

　　東吳大學是先有英文校訓，然後才有中文校訓。如前所述，英文校訓「Unto a Full Grown Man」出自新約聖經以弗所書四章 13 節，之所以以聖經中的話語為校訓，實與學校由傳教士創置有關。英文校訓設置以後，直到 1929 年接受當時首任華人校長楊永清的提議，為配合英文校訓文意，以國父孫中山先生應蔣介石邀約所寫的「養天地正氣，法古今完人」十個字為中文校訓。原文因係出 1923 年元月國父孫中山先生墨寶，至今原件仍懸掛在台北中正紀念堂內。從此以後，東吳的中英文校訓常在東吳相關的文件場合，並列出現，吸引各界人士關注討論。

　　1949 年海峽兩岸分裂以後，一些蟄居台灣的東吳校友，心懷母校，決定推動在台復校。歷經滄桑艱難，首先在台北漢口街租賃老舊樓層若干間，開始復校活動，因房舍陰暗簡陋，被人譏為「連補習班都不如」的大學。

然而在施季言、石超庸諸位復校先驅的堅持努力，及師資教授的孜孜教誨下，秉持東吳校訓「Unto a Full Grown Man」，堅持「養天地正氣、法古今完人」的建校精神，終能跳越設備環境的簡陋，親睹受造人才的改變出現，使東吳復校之路在物質環境匱缺貧乏中，卻能邁開大步，快速完成復校申請，並能在士林外雙溪與故宮博物院比鄰相對，建立校區，成為一所知名的完全大學。

　　我何其有幸，在 1958 年東吳在台復校初期，進入東吳就讀。回想起來，已是六十二年前的事了。記得當年滿懷興奮地由台南北上，前往東吳舊址報到時，發現所謂的東吳大學還蝸居在漢口街二樓一間陰暗的舊教室內。我就是在滿懷驚異失望中，獲知新校舍大樓即將在外雙溪落成的眾多新生之一。

　　得知我們將是第一屆使用新校區的人，便懷著滿腔熱血搭乘開往士林的 10 路公車，希望一窺新校區的興奮。但不久就被澆了一盆冷水，因為那時的公車只到士林，餘程只好各人自己解決。然而在那個一切都缺乏不足的年代，私立大學的老師許多都是另有專職的兼任老師。在物質條件一切都缺乏不足的情況下，他們幾乎都曾走過一段艱辛的人生道路，生命經驗豐富、學術知識淵博專精，他們對這份兼職十分看重，認真負責，傳講專業、照顧學生，盡心盡力，扮演的角色就極其重要了。

我們就是這樣進入一所外觀似乎不怎麼大的東吳大學。回想起來，正因為它不大，卻造就了比較親密的同學與師生關係。我們的系主任杜光塤教授與我們初次見面的時候，對我們這些各懷心思、什麼都不懂卻又似懂非懂的大一新鮮人，強調文化思想、學術變遷及語言文化教育的重要。

　　因此，系上的主要課程將以新版的英文課本為教科書；為加強語文訓練、迎接時代挑戰，一、二、三年級國文、英文均列為必修。記得當年大一時修的必修課，有兩門課用的是英文原文書，我們在老師隨時抽考抽問的要求下，只好拚命查字典，以求趕上進度。有時雖然整頁查滿了生字，卻仍然搞不清楚作者說了什麼。

　　我們的國文老師周紹賢教授，是一位山東口音濃重的漢子，在他的要求之下，我們背下了不少歷代大師的文章，終身受用無窮。杜老師在專業要求下是一位非常嚴格的老師，卻又開放他在泰順街的家門，歡迎學生前去談天說地。

　　這種作風也形成一種風氣，除了課堂上課以外，去老師家聊聊，也成為系上特有的風氣。杜老師常常對我們說：「不要輕忽自己，你比現在的自己強，努力！再加油！」為了提高我們的學習能力，杜老師在系上嚴格推行三分之一淘汰制，結果我們那一班同學幾乎沒有一個人沒有通過補考才能過關。學校對於學生出席上課，管制尤其嚴格，每堂課都聘有專人負責點

名。同學對幾位負責點名的職員，有些至今仍然記憶猶新。

雖然如此，那個時代的師生關係卻仍然十分密切。在那個交通不怎麼方便的時代，尤其是過年過節特殊的日子，我們也常到不同的老師家拜年賀節串門子，與老師甚至老師的家人天南地北、促膝坐談，有時甚至留在老師家中用餐。這份情誼在畢業以後亦持續進行，甚至直到老師或師母離世。那份師生情誼也不知是怎麼產生的，如今回憶，我們許多的知識學問、做人做事的本領，都是在那個時候潛移默化學來的。

今年是母校創校一百二十週年慶，慶祝活動中有一項「第五屆傑出菁英校友選拔」活動，我竟然是四十四位當選者之一，讓我訝異不已。在一次當選者的分享會中，一位當選學長心懷感恩，縷述東吳校訓「Unto a Full Grown Man」這幾個字從學生時代受教時期開始，如何成為自己的人生方向，如何一步步設定自我的人生目標、並且一步步達到完成自己的目標，向前邁步，追求生命終極意義與永恆價值。

聽這位學長感性的分析，心中甚是感動。回想我在生命成長的過程中，從高中時期認罪悔改、認識上帝以後，我的人生目標越來越清楚，就是要「向著標竿直跑，要得上帝在基督耶穌裡從上面召我來得的獎賞。」（腓立比書三章 14 節）標竿既定，有時稍慢遲延又如何？終有到達目標的一天。

我的一生就這麼向著標竿一步一步跑了下來。師長輩的教

導引領、同儕學友輩的支援配合，一切就那麼水到渠成、自然而然地完成了。我這才領會真正的教育是「一個人陪伴另一個人，讓兩個人越來越是人，活出豐盛生命」的過程。仔細一想，這正是我一生努力奔赴的目標。一個人活在世上，清楚知道自己應有的形像與樣式，並且一步步地活出他自己、是他自己，於願足矣。

那天輪到我在他之後分享，我跟大家分享的題目就是：「東吳的校訓與我的成長！」

我發現大家都帶著微笑，專注地聽我分享。

謝謝你！ 120 歲的東吳大學！

本文刊登於 2020 年 11 月號《宇宙光》雜誌

朋友，你信什麼？

信！

談到基督教信仰，入門檻的第一個字便是：

「信！」

「信？」聽起來簡單，什麼都不用做，只要相信而接受就好了！真是最簡單的一件事。然而要一個人憑空去信，沒看見、沒摸著、沒想通就去信，真的好難好難！

在科學如此發達的今天，信？只要信？唉！怎麼可能信得下去呢？活在今天這樣一個科學昌明的世界，不是強調並堅持一切都要經由實證驗證，都要看得見、摸得著、想得通才行嗎？沒看見、摸不著、想不通，你教我如何信得下去？

信？怎麼信得下去？

怎麼信得起來呢？

很久很久以前，哇！算起來已是快六十年前的事了。那時，我才在軍中服兵役，我仍清楚記得有一天，我向一位軍中夥伴傳福音，幾番往返討論之後，他似乎再也沒有什麼反駁辯論的話題了，沒想到沉默幾秒鐘之後，他忽然十分堅決地大聲宣告：

「隨便你怎麼說，反正我不信！」

好一個「隨便你怎麼說，反正我不信！」

面對這麼一個堅持不信的人，我們的談話只好戛然而止。

你相信嗎？從那天開始，他講這句話的音容相貌，便一直存留在我的記憶倉庫裡，並且不時會浮現出來。

「隨便你怎麼說，反正我不信！」

同樣的這句話，在過去許多年中，也曾在我耳畔重複迴盪了許多次。這些經驗逼著我開始思想，一個堅持「隨便你怎麼說，反正我不信！」的人，真是一個不能「信」的人嗎？「信」這件事，對他而言真是如此困難而不可能嗎？

仔細想想，其實堅持不信的人，不是也在「信」嗎？只是信他所堅持的「不信」、信他誓死堅持一定要信到底的「無神」而已。原來信「不信」、信「無神」也都是信啊！要用實證驗證去思考「不信」與「無神」，都是不可能的。證明「有神」，固然不容易；證明「無神」，則根本不可能。

信「有神」，信「無神」，都是信。其實問題不在信不

信，問題在「信是什麼？」「你信的是什麼？」你也許會懷疑，活在一個科學昌明、快速變化發展的現代（啊！不！是後現代）文化社會中，還有「信」這個字存在的餘地嗎？聖經上說，信是「不是憑著（或靠）眼見」（哥林多後書五章7節），又說「信就是所望之事的實底，是未見之事的確據」（希伯來書十一章1節），「信」既是「所望」「未見」之事，「信」當然不是憑眼見而行事了。

然而，所謂的科學真的完全以「眼見為憑」嗎？科學真的只是能「看得見、摸得著、想得通」、能夠被實證驗證的嗎？其實也不盡然。所有的科學家都承認，大自然的奧祕，迄今仍然隱藏著許多我們看不見、摸不著、想不通的無限可能性，等待我們去開發了解。

你必須相信在現今科學成就之外，還有許多我們當下沒有看過、沒有摸過、沒有想通的奧祕，等待我們去了解開發。科學越發達，就讓我們更清楚發現，面對浩渺無限的宇宙奧祕，人類目前能看到、摸到、想通的部分，實在極其有限。然而人之超越可貴，正在他能從有限已知中，跨越感官限制，進入一個從前未曾見過、摸過、更談不上能想通與否的全新境界。

所謂的科學，所謂的進步，正是擺脫眼前的侷限，進入一個全新未知的領域。任何一個科學研究者，都承認今天的經驗世界是一個有限、不足，甚至充滿缺陷錯誤的世界。不僅如

此，一個從事科學思考、科學研究的人，也堅持相信一定有個更完美更合理的前景，在前面等著我們去發現、探索。因為有此信念，我們才會前仆後繼、不斷嘗試錯誤，務期找到早已存在、只是渺小有限的我們目前尚未看見、摸著、想通、了解的宇宙真象而已。

這不是信又是什麼？作為一個科學家，你必須相信宇宙的奧祕規律早已設定存在那兒，你也必須相信宇宙間有一個統協一致的規律存在。雖然你從來不曾看過、摸著、想通這一切，但是這卻是你必須相信的事實，然後才能一步一步、按部就班逐漸進入宇宙中早已存在的奧祕。一個科學家必須相信，宇宙萬物中一定有其不變的規律秩序，他才能循序而進、按圖索驥，進入宇宙的奧祕。這樣看來，誰能說科學發展與信心探索相悖？

理性的科學注重分析思考、邏輯推論，但分析思考、邏輯推論必須從正確的前提出發。正確的前提從何而得？追根究柢你會發現，前提往往只是一項信念，宇宙的源頭是什麼？這麼複雜精細、浩渺偉大、卻有一定規律秩序的宇宙，從何而來？因何而有？這一個根源性的問題，又豈是人類小小頭腦所能想通測透的？聰明博學如保羅，也只能在羅馬書中如此說：

上帝的事情，人所能知道的，原顯明在人心裡，因為上帝

已經給他們顯明。自從造天地以來，上帝的永能和神性是明明可知的，雖是眼不能見，但藉著所造之物就可以曉得，叫人無可推諉。（羅馬書一章 19-20 節）

　　原來有關上帝的事情，上帝的永能和神性，是上帝原本已經顯明在人心中的一件事，是人主體內在清楚明白的一件事。雖然如此，人卻不能用有限的肉眼，看到無限超越的上帝。

　　科學越發達，人類便越能從上帝所造萬事萬物的奇妙奧祕，藉由邏輯推論，更多認識上帝的永能和神性。科學家憑著信心，突破今日的限制、甚至錯誤的泥淖，進入一個前所未知、嶄新的領域。這種經驗，正如一個不認識上帝的人，跨步進入上帝所賜豐盛榮耀全人生命一樣，都是先用信心跨越眼前的限制，產生新的經驗，累積數據資料，據以進行分析研究，再憑信心投入新的領域，跨步邁進未來。生命的奧祕便在信心運作、經驗分享的輪流交替中，經歷豐盛、邁向全人。難怪聖經要如此說：

　　人非有信，就不能得上帝的喜悅；因為到上帝面前來的人必須信有上帝，且信他賞賜那尋求他的人。（希伯來書十一章 6 節）

……叫一切信他的，不致滅亡，反得永生。（約翰福音三章 16 節）

信子的人有永生；不信子的人得不著永生，上帝的震怒常在他身上。（約翰福音三章 36 節）

綜上所述，可知信心是人生命所共具之現象。人人都有信心，而信什麼、信的內涵是什麼，則是影響我們生命動靜最重要的前提因素。前提設定一旦錯誤，儘管你的推論正確無誤，執行狂熱徹底，到頭來一定是一個萬劫不復的悲劇。

這就是現代人的悲劇。我們活在「不信」、「去神」、「去人」的後現代文化社會，「不信」、「去神」、「去人」成為我們生命信仰的前提。在這種文化薰染模塑之下，我們只會看那些看得見、摸得著、想得通的東西，不知不覺把人完全物化了。人跟自己、人跟別人所建立的都是一種「我─它」（I-it）的唯物經驗「次級關係」（secondary relation）。

人與自己、人與人、生命與生命的關係完全被看得見、摸得著的「東西」割斷了。我們再也無法直接從生命的本身認識接受自己；我們對另一個人的接受認識，也是根據他所擁有的身分地位、財富穿著等外在看得見的東西來決定。

這種只從個人擁有的外在事物，認識自己、面對他人的

生命態度，就像馬庫色（Herbert Marcuse）在《單向度的人》
（*One Dimensional Man*）一書形容的，當然就活得越來越不是
人了。所謂：「Dehumanlization!」好一個驚心動魄的英文生
字！馬庫色用一個字為這個世代的人類做了一個總結。

朋友！你信什麼？
還在信「不信」？
還在信「無神」？
小心：錯誤的前提＋
　　　正確的推論＋
　　　狂熱的執行＝
　　　萬劫不復的悲劇

朋友！你信什麼？

本文刊登於 2021 年 5 月號《宇宙光》雜誌

眞理與自由

「起初⋯⋯」

打開聖經第一本書創世記首頁，第一章第 1 節頭兩個字：

「起初⋯⋯」

這兩個字赫然在目。

上帝創造：說有，就有，命立，就立

聖經一開始便斬釘截鐵、清楚明白告訴我們，宇宙萬物是有一個起始源頭的。在一切萬物的「有」產生出現之前，除了有「上帝的靈運行在水面上」（創世記一章 2 節）之外，整個寰宇是「空虛混沌，淵面黑暗」。

上帝先於一切萬物而存在於起初之前。聖經清楚明白告訴我們，是上帝先於創造而擁有創造的一切奧祕結果。創世記記

錄起初這位上帝如何揮灑祂隱藏的無限奧祕，從無到有，創造無限奧祕的天地宇宙。留下了「起初，上帝創造天地」、一切萬物產生的存亡存有的奧祕紀錄，宇宙寰宇間的一切奧祕答案，均在這八個字之內。

而上帝是一切萬物始源的創造者。有關上帝的創造，只有上帝清楚明白，人所能知道的，只是上帝賜人智慧所能到達的那一部分。因此，人對宇宙萬象的實存解釋，永遠只是人所能探索了解的那一部分而已。

創世記這卷書中，以上帝的啟示帶領為原則，透過人類歷史文化經驗，逐步向人宣示上帝的奧祕與存在。整本聖經開宗明義宣告：「起初，上帝創造天地。」只是告訴我們，宇宙寰宇的終極創造者是誰。至於如何創造？用什麼材料創造？創造的過程如何？這些理性技術上的過程，也許太複雜、太難以了解說明，聖經往往略過不提。

聖經論到上帝的創造，採取的是直接宣告上帝創造的結果，訴諸上帝話語威權的結論，加上每個人當時屬靈的了悟能力，再加上上帝話語的權柄能力：

上帝說：「要有光」，就有了光……

上帝也用同樣的原則，創造天地萬物，採取的都是同樣的

原則：上帝「說有，就有，命立，就立」。上帝的話語能力，就是那麼帶著權柄，話聲一出，立即劃破黑暗，突破深淵。就在那一剎那，地球上便出現一個新的、充滿無限奧祕、令人無法解說的存在。

科學證實創造之奧妙

更奇妙的是，這些奇妙難解的新舊發現，卻在它應命出現的一瞬間，趣味無窮地擁有一層一層、屬於它的奧祕特質，供人探索不已。科學上許多令人驚歎的新發現，其實早就存在於上帝的創造中，只不過人不知道而已。

直到近代科學日趨發達以後，上帝隱藏在創造中的部分奧祕，才逐漸被發現出來。這些新發現，即使只是上帝無限創造中一個極小部分的發現，然而一旦被發現，仍然令人驚異嘆息。今日所有研究科學的人，都希望在研究工作上能見人所未見，突破前人的研究，最好每天都有新的發現。

其實從上帝的創造論來說，聖經告訴我們，上帝的創造是「各從其類」（參考創世記一章 11-25 節），從來沒有錯亂改變增添任何實存的真實現象的必要，科學只不過讓真相回歸真相，讓人更加明白「明白的真相」是什麼。科學越發達，才使人發現原來所謂的「明白」，只不過是使人明白了一件早已存

在的現象或事件的真相而已。整個世界並沒有因為我們從先前的不知轉為知，而有所謂「新」的發現。

萬物各從其類，甚好

創世記前三章，把上帝如何創造宇宙記載得清楚明白。各受造物之間的相互關係及其角色定位，都有精密詳細的安排定位，不可錯亂。上帝用其權威的話語權，從空虛渾沌、淵面黑暗中，「各從其類」、「說有……就有……」的過程，完成了創世的奇妙工作，並且將不同的職掌任務、修理看守的責任，妥善分配給祂所造不同的物種族類。

上帝看祂所造的一切是「好的」。特別在最後，上帝用地上的塵土和上帝的靈，造了一個男人，並且給他取名叫亞當。完成了對人的創造以後，上帝在人的鼻孔裡吹了一口氣，使他成為一個「有靈的活人」，能與上帝相通。上帝並將伊甸園中一切的恩典賜給他享用。

上帝用祂智慧權柄能力完成創世之工以後，滿意地看著祂所造的這一切，尤其在人的被造過程中，除了地上塵土的物質成分外，聖經創世記如此記載：

我們要照著我們的形像、按著我們的樣式造人，使他們管

理海裡的魚、空中的鳥、地上的牲畜，和全地，並地上所爬的一切昆蟲。上帝就照著自己的形像造人，乃是照著他的形像造男造女。（創世記一章 26-27 節）

耶和華上帝使各樣的樹從地裡長出來，可以悅人的眼目，其上的果子好作食物。園子當中又有生命樹和分別善惡的樹。……耶和華上帝將那人安置在伊甸園，使他修理，看守。耶和華上帝吩咐他說：「園中各樣樹上的果子，你可以隨意吃，只是分別善惡樹上的果子，你不可吃，因為你吃的日子必定死！」（創世記二章 9、15-17 節）

讀到這裡，你可以發現，在上帝智慧周全的運作下，伊甸園真是一個充滿上帝恩賜的福地，連上帝在讚不絕口的「好」「好！」「好！」連番稱讚之後，仍然忍不住錦上添花大讚一聲：「甚好！」

大哉問：上帝設立分別善惡樹的用意？

當然，我知道也許有人要提出一聲反駁抗議，在這個美麗優雅的伊甸園中，上帝為什麼允許那棵分別善惡樹，那麼美麗動人、香甜可口地在園中扭腰擺臀，引誘人陷入網羅、不能自拔呢？老實說我也沒有標準答案，也許有人以為自由價最高，重罰規定違命者死，有違當代自由人權，不是歷代都有人振臂

高呼：「不自由，毋寧死」嗎？各位讀者高見如何？歡迎來文賜告討論。

本文刊登於 2022 年 3 月號《宇宙光》雜誌

PART II
信仰與社會生活

溫州：中國的安提阿

對溫州人的印象，始於快四十年前、我第一次應法國巴黎華人教會之邀，去巴黎訪談服事之時。那個時候，宇宙光的工作剛開始不久，也正當我青壯年交接時期，內心火熱、精力充沛、拚勁十足。面對一連串的講道分享邀約，那時的我，開始時似乎尚不知「累」是何物，但有需要，便會衝鋒陷陣，從不退縮。

而當地接待我的教會朋友，也許看我如此驍勇善戰，就毫不客氣地一個據點又一個據點帶著我到處跑。有時候是住家、有時候是店面、有時候是工廠、有時候是醫院、有時候是教堂聚會、有時候是家庭聚會、有時候是小組討論、有時候是個別探訪，一站又一站，大家輪番上陣，陪著我到處跑。

後來我才知道，這群滿心火熱、關心教會福音工作的人，全是來自溫州的基督徒，而且幾乎都是從事皮件製作的生意

人。那是我第一次接觸溫州人，短短不到十天的行程，使我一回到台北便疲累不堪地倒下了。從那以後，我對溫州人善於營商之外，不顧一切拚命傳福音的熱情，留下了深刻的印象。

在中國現代教會的歷史發展中，溫州的確是一個引人注目的耀眼明星，也充滿了傳奇色彩。譬如在中國教會史上，影響深遠的內地會，它所差派的第一個宣教士——瘸腿的曹雅直（George Stott, 1835-1889），在 1867 年就這麼一拐一瘸、孤身奮鬥走進了溫州，歷盡千辛萬苦，克服諸般不可能，終於奠定了溫州教會的丕基。

從那以後，一百五十多年來，溫州教會一直在欣欣發展與慘遭逼迫壓制兩個極端中，互爭短長，彼此較勁。奇怪的是，逼迫壓制越深，緊接而來的欣欣發展，往往更加令人嘖嘖稱奇、讚歎驚訝。

尤其是 1959 年，中國政府宣布溫州已成為全國第一個「無宗教區」的同時，緊接著 1960 年，溫州第一間家庭教會也在一片不可能聲中，悄然成立。其後儘管大躍進、文化大革命運動如火如荼雷厲風行，使得檯面上看得見的教會幾乎完全滅絕停擺，然而隱入地下的溫州基督教，仍然蓬勃興旺地繼續發展。

到二十世紀七十年代以後，由於溫州人特有的開拓精神，使得離開溫州、四處打拚的溫州基督徒，也將他們的信仰帶到

了世界各個不同的角落。一時之間，講溫州話的溫州教會，遍布各地，引人注目，終於使溫州贏得了「中國的耶路撒冷」、「中國的安提阿」之美名，吸引各界人士的關心與好奇。

這些年來，我有機會與更多溫州基督徒相識相交，很高興地發現，他們不僅熱心參與宣教佈道的工作，忠心耿耿落實牧養栽培的造就工作；在這同時，他們也對教會如何在溫州文化社會、風俗習慣中落實互動、生根發展的歷史問題，著有興趣。

在這種情形下，由於我多年來一直關心基督教在近代中國文化社會生根發展的研究工作，使得我與溫州的基督徒朋友接觸更多，這才發現他們不僅在宣教戰場上是奮勇向前、不顧生死的戰鬥勇士；退下拚死拚活的戰場，他們立刻就化身為注重歷史演變、檢討策略、深謀熟慮的戰略思想家。

為了宣教，他們耗費心思、尋根究柢，打開封閉已久的歷史冊頁，以訪談記錄，進行口述歷史；舉辦研討座談，分析尋索歷史真相。在短短數年之間，更有不少年輕有心的教會人士，奔走世界各地，搜尋相關資料，撰著與溫州教會歷史發展有關的論文專書，成效卓著，令人讚歎。

筆者有幸，過去數年內，蒙邀參與在溫州基督徒其間，親身體驗參與溫州基督徒朋友的研究訪談工作，深深被他們的研究執著與熱情感動。2015 年 6 月，曾共同推動在溫州舉行

三天的教會歷史營，蒙邀擔任講員，老中青參加者約有三、四十人，會中決定在 2017 年 2 月，以曹雅直進入溫州宣教一百五十年紀念活動名義，舉行一次溫州教會歷史研討論文發表會。

論文發表人除特邀旅居加拿大，研究內地會歷史的著名學者黃錫培，以及香港崇基神學院院長邢福增以外，其餘作者多為溫州籍在地或旅外研究者。除此以外，也特邀筆者及查時傑、林美玫、魏外揚等多位學者擔任評論審查。兩天的會議中，總共發表了十四篇論文，分成「歷史追溯」、「當代面貌」、「福音推廣」三大部分。

把一百五十年來溫州教會發展過程中的社會文化變遷、教會宣教工作在本土文化排斥反對相互適應融合的過程，以及迎接未來急劇發展、快速崛起的中國前景，教會該如何應對進退，這些快速臨到、必須立刻回應面對的問題，均有涉獵討論，抽絲剝繭、引證考據，既富宣教熱忱、著重社會文化理論，探討基督信仰如何落實中國本土文化，兼具理論與實證經驗，值得細細閱讀思考。

《福音・溫州（1867-2017）──基督新教來溫一百五十週年學術論文集》這本書的主編舍禾先生，除了忙碌的牧會工作外，也是一位出生溫州本地、拚盡全力、全心投入、快手快筆、年輕多產的溫州教會歷史研究者。這些年來與溫州教會的

朋友接觸越多，我發現這樣的人，在溫州竟然不在少數。不相信？打開這本書一看，你就會承認我說的話，句句真實。

　　欣聞這本論文集即將在中國大陸以簡體字版彙整出刊，爰綴數語，述其始末，以表敬意。深信這本論文集的發表，不僅攸關溫州教會歷史的重整與澄清，對整個華人教會歷史的研究與發展，也是一件特別有意義與價值的事。

　　　　　　　　本文刊登於 2018 年 2 月號《宇宙光》雜誌

生命舞台上的最佳演員

　　落幕了！出人意表地落幕了！在生命的舞台上，孫越一直盡情揮灑演著他自己的生命角色。他當然是一位好演員，一旦掌握了自己生命劇本中所該扮演的角色，他總能收放自如，一舉手、一投足，自然生動把他生命劇本中的角色，活化靈敏地呈現在他自己的舞台劇場中。

　　他的每一場演出，都令觀眾如醉如癡，深陷其中，一幕接著一幕，興味盎然地追著看下去。因此，誰也不能接受驟然之間熄燈落幕的消息。「什麼？落幕了！怎麼可能？」聽到孫越人生劇場落幕的消息，人人不捨、心中糾結，豈是張小燕一個「痛」字所能形容。

　　記得是3月1日，孫越一如往日來到宇宙光。說一如往日，是指禮拜三。近幾年來，孫越因身體健康的緣故，從過去每週有三天前來宇宙光「上班」的習慣，改為週三前來。按照

慣例，他每次來到宇宙光，總會在宇宙光八、九樓每一個同事的座位前，滿臉堆笑、搖搖手，與眾人打招呼。「嘿！我來啦！」只一會兒功夫，但聞嘿嘿之聲不絕於耳，大家精神一振，辦起事來，忽然間覺得靈感泉湧，分外有勁。

跟大家打完招呼之後，孫越會回到九樓他那間小得不能再小、且與人共用的辦公室，安排各種活動、接受各界人士訪問、與有需要的人晤談。這間小小的辦公室，孫越用了快二十年，我一直記得孫越第一次跨進這間小小的辦公室時，滿臉興奮地說：「這可是我這輩子擁有的第一間辦公室。」

其實宇宙光九樓整層辦公室，都是因為孫越的代言呼籲才購買成功的。那時孫越因宇宙光事工信耶穌已十五、六年，且在五十九歲那年（1989），在宇宙光韓偉廳，經周聯華牧師、夏忠堅牧師、鄭家常長老三人按手差派，獻身成為投身社會文化、「只見公益、不見孫越」的宣教士。

從那時開始，孫越一改從前追求名利享樂、隨意自在的生活習慣，一變而為嚴以律己、寬厚待人；簡樸生活、滿足喜樂。他信主以前，喜歡炫耀名牌名車，引為樂趣；信主後竟改乘公車奔走各地，不以為苦；為求守法見證，過馬路必走斑馬線，繳納稅款，絕不逃漏；忙碌勞累仍參與宇宙光終身志工工作，還自封為「宇宙光廁所所長」，並在廁所公開張貼告示，請求使用者共同維持公共衛生。有一次，他甚至親手撿拾小便

斗中的菸蒂，並且親筆簽名，寫下溫馨告示，請求使用者共維衛生。他做這些大小事情，一切自然流露，毫無做作勉強，令人佩服感動，終身難忘。

孫越一生經歷大風大浪，幼年時期的家庭生活，由於失去父愛、母親早喪，在求學成長過程飽受挫折打擊，使他對人生飽含憤怒不滿，充滿叛逆。十六歲決意離家，投報青年遠征軍，為求體檢過關，竟在口袋私藏米店的法碼，增加體重，以求蒙混過關。

自此浪跡天涯、四海流浪；歷經生死戰役，撤退至台灣時，同期入伍戰友一百二十八人，存活者僅三十餘人。其後駐守金門，經歷八二三砲戰，生死之間，擦肩而過，感嘆之餘，逐漸重拾早年厭倦恨惡、避之唯恐不及的書本，沉緬其中，對生命價值意義有關哲理思想，有時似乎深有所得，轉瞬又覺茫然迷惑；至終投身五光十色舞台演藝事業，大紅大紫，名利雙收。

這段故事大家都清楚明白，毋庸我再贅言多語。然而孫越一生最精采的故事，卻發生在他五十多歲、演藝事業到達巔峰以後的三十多年間，這段時間的孫越故事值得反覆玩味。

如所周知，早期在銀幕上的孫越，以演壞蛋出名。有人開玩笑地說：「孫越演壞蛋，不用化妝就是一個壞蛋。」然而等他五十多歲信靠上帝成為基督徒以後，他無論在影視或舞台

上，都串演著一個又一個溫馨可愛、可親可敬的小人物角色。

走下令人目眩的舞台，他卻像鄰家大叔一樣，出現在眾人眼前，苦口婆心提醒世人，戒菸戒癮、愛己愛人，尋回人在天、人、物、我四個層面均衡成長發展的全人生命，也就是耶穌在十二歲時所活出的：「智慧和身量，並上帝和人喜愛他的心，都一齊增長」（路加福音二章 52 節）的全人生命。

「宇宙光提出的全人生命實在太好了，」過去三十年來，孫越不知道對我講過多少次：「簡單明白、一聽就懂，我每次演講都會用到。」跟孫越相處，你會發現他是一個極其敏銳、點滴在心、善於表達、隨時準備回應、願意陪伴鼓勵別人的人。

大家都知道，孫越有個他戲稱為「爛朋友」的好朋友陶大偉，陶大偉因為接觸宇宙光的工作而信主之時，正是他與孫越合唱〈朋友歌〉最受歡迎、在唱片排行榜每週名列第一的時候。記得在一次主日禮拜後，陶大偉很認真地對我說：「我雖然已經信主，不過我仍然懷疑自己究竟是不是基督徒，因為每次媒體報導如果寫『陶大偉、孫越』，我就很開心；如果寫『孫越、陶大偉』，我就一天不爽，為什麼信了耶穌，還是會這樣爭競忌妒呢？」

經短暫協談，陶大偉發現，未信主之前，在演藝界爭的就是排名與報酬，不以為怪，如今一個新的、有感覺的生命沛然降臨，足證自己已經重生得救，因而滿心喜悅。於是同聲頌讀

「人就是賺得全世界，賠上自己的生命，有什麼益處呢？人還能拿什麼換生命呢？」（馬可福音八章 36-37 節）然後歡然告別。

不僅如此，沒想到陶大偉返家之後，竟然執筆親書，引述上引經文向孫越道歉。那時孫越尚未信耶穌，接到信以後大為驚訝：「演藝圈中人竟會為這種事向人道歉，」他說：「簡直不可思議！」從此，耶穌這句名言慢慢在孫越心中醞釀發酵，至終成為他一生奉行的箴言金句。

1982 年，孫越在陶大偉邀約之下，參與宇宙光母親節送炭愛心演唱會演出，會後僅獲贈《探索者的腳蹤》一書，深覺憤憤不滿難以入眠之餘，信手翻閱該書，竟不能止，聲言：「這本書解決了我百思不得其解的人生難題。」並在懷恩堂接受洗禮。

然而那時孫越仍受菸癮所困，屢戒屢敗，無計可施。每次來到宇宙光，我們都要大費周章找尋承接菸灰的器具。與菸癮大戰持續到 1984 年 4 月 20 日，那天在六龜拍攝《老莫的第二個春天》，休息時段，一群影迷圍了過來，孫越瀟灑地掏出一根菸準備點上，忽然一節聖經從他心中冒出來：

凡事都可行，但不都有益處。凡事都可行，但不都造就人。（哥林多前書十章 23 節）

這句似乎很平常的話，卻使孫越心靈震動，立時收菸入袋，決定戒菸。當孫越激動地從路邊電話亭打電話告訴我：「我戒菸啦！」我聽他細訴原委，知道這次戒菸是真的，因為不是憑他自己決志努力，而是上帝在他心中動了善工。果真從那天開始，孫越沒有再碰過香菸，並且成為最有影響力的戒菸代言人。

　　我何其幸運在過去三十多年的時光中，能成為孫越心靈深交的朋友。他比我年長八歲，是我的老大哥。而過去三十年，正是我在宇宙光學習成長的關鍵時刻。以孫大哥豐富的社會經驗、人際脈絡，有他常在我身旁耳邊點撥提醒，對我的成長影響是無法用言語形容的。

　　他在宇宙光無條件的支持奉獻，以及對每一位同工的關懷照顧，是我們能走到今天的重要因素。而孫大哥來到宇宙光，也讓我們清楚看到，上帝藉著宇宙光在孫大哥身上成就了何等奇妙難測的事。

　　有時這位我們深深敬愛尊崇的大哥，也會向我們傾吐他心中的脆弱需求，在他事業高峰、人人稱羨的時刻，他會向我們傾吐他心中的無望空虛；他也會引述保羅在聖經中所描述的「立志為善由得我，只是行出來由不得我，……我真是苦啊！誰能救我脫離這取死的身體呢？」（羅馬書七章 18、24 節）這

些話，形容他自己在生命中的掙扎與痛苦。

更特別的是，我們看到他一步一步走出艱難，活出榮耀、喜樂、得勝的生命見證。他的生命影響了無數人的生命，我常在宇宙光壓力沉重、繁忙勞累的工作中，想到賺到一個孫越就綽綽有餘地賺夠了。難怪走過四十五年艱難歲月的宇宙光，至今仍能生機勃勃地走下去。

3月1日是孫大哥最後一次來到宇宙光，跟大家熱絡高調「嘿嘿嘿」打完招呼之後，他在大家不注意的時候，悄悄地將一個紅包私下交給一位年輕同工，對她說：「這對我是很重要的一件東西，是孩子送給我的生日禮物，奉獻給宇宙光，作為宇宙光四十五週年慶的禮物。」

這是宇宙光四十五週年慶迄今收到的唯一一份禮物。沒想到3月7日就聽到孫越住院的消息，病情自此起伏不定，我們除了迫切代禱之外，什麼也不能做。5月2日得知孫大哥在5月1日晚上九時五十六分回天家，我默然無語，一時間覺得腦際心頭一片空白。

其實我知道他早已預備好了，當然，我們的天父也早已為他預備好天上最美好的天家居所。然而心中依然有一股強烈的不捨之情，我相信孫大哥已經去到一個好得無比的地方，雖然如此，我相信他一定也會有一股強烈的不捨之情，捨不得離開我們。

5月3日早晨我到宇宙光上班時，一進九樓大門，不知怎麼搞的，一股悲傷之情竟然無法控制地湧上心頭，特別在經過孫越的辦公室時，心中有一陣微弱的聲音，卻越來越凶猛地在腦門轟然響起：「孫大哥，你走了，再也不會回來了！」

　　落幕了！真的落幕了嗎？不！不！不！抬頭向上，一片晴朗湛藍，我相信孫越這場人生舞台的大戲，會在世人和天使面前繼續隆重上演。

　　　　　　　　本文刊登於 2018 年 6 月號《宇宙光》雜誌

最精采的生命詩篇

一、無名的傳道者

　　1948 年，一位年僅二十三歲、生長在日本侵華、戰亂頻
仍、離鄉背井、身體虛弱、飽嘗生死威脅的大學畢業生——邊
雲波，在聖靈感動下，竟然一口氣、不能自已、綿綿不絕地寫
下一首六百多行的長詩——〈獻給無名的傳道者〉，其中邊雲
波反覆吟唱的一段，如此說：

當黎明快要來臨的時候，
人世間便越顯得黯黑、艱難、幽暗；
但是，你卻這樣地說過：
是自己底手
甘心放下世上的享受；

是自己底腳

甘心到苦難的道路上來奔走！

「選中」這條不自由的道路

並非出於無奈，相反地

卻正是大膽地使用了自己底「自由」

所以，

寧肯叫淚水一行行地向內心湧流，

遙望著各各他的山頂！

就是至死──

也絕不退後！

吟唱著這樣的詩句，七十年來，許多像邊雲波一樣的年輕人，在偉大奇妙的上帝帶領下，大膽使用自己的自由，意氣飛揚，果決豪邁，踏上征途，成為一個個無名的傳道者，走過艱難危險、走過死蔭幽谷，跨越城鄉、邁向偏遠蠻荒，進入蒙古新疆，形成當今福音重回耶路撒冷的洶湧浪潮。

上個世紀八十年代，海峽兩岸開放，邊雲波在遭受長期迫害之後，終獲平反，侷居天津。我曾輾轉安排，在一個燈火昏暗的夜晚，初次拜見這位心儀許久、顯得瘦削蒼老、對我們影響深遠的主內前輩。聽他挑燈夜談，不含任何怨懟憾恨，歷數三十餘年走過艱辛苦難磨煉事奉的見證，感動震撼。

讓我親眼目睹，看到了這位用自己的生命寫下「無名傳道者」的詩篇，一行行、一段段在我眼前上演。邊老一生咳血體弱，病痛危難，常相左右。然而，終其一生，只要可能，總是不顧性命，奔走勞碌；口宣筆傳，絕不放棄任何佈道宣教機會。提攜鼓勵後輩、支持宣教事工，尤其盡其所能，不遺餘力，實為當代華人教會宣教事工的倡導者與實踐者。

　　去年，當我們籌備把〈獻給無名的傳道者〉以音樂劇的形式推上舞台時，徵詢邊老意見，他對我們的演出構想，深表支持，並盼望能親自出席參加演出盛會，可惜因年邁體衰，無法成行；卻仍然抱病提筆，鼓勵慰勉，以宣教佈道殷殷期盼。

　　其後數月，病榻輾轉，歷盡艱辛，但心中有愛，文思泉湧，奮筆疾書，寫下《愛是永不止息》一書，其中最後一篇於2017年12月28日凌晨3：50修訂完稿。全書深情款款，愛意繾綣。細述文革前後，與師母白耀軒相識相交、結為夫妻，同心攜手、走過苦難迫害，無怨無悔、堅守聖道、宣揚見證福音信息的動人故事。

　　2018年2月14日，邊老蒙主寵召，息了世上勞苦，榮返天家，並將病中遺稿《愛是永不止息》，委託唐棠姊妹交付宇宙光出版。書中除細述與師母白耀軒共同攜手走過患難逼迫的見證，同時，也為近代華人宣教歷史留下了一頁最珍貴真實的史料。

二、我們有偉大奇妙真神

1948 年，邊雲波用筆寫下〈獻給無名的傳道者〉這首長詩以後，包括邊雲波在內，許多當時的年輕人，一個接著一個，用他們的生命腳蹤，進入中國西北邊區。面對唯物無神主義的迫害反對，勇往直前，寫下一頁一頁悲壯感人的近代宣教歷史。

邊雲波這首長詩，在 1958 年前後，奇妙地傳入台灣，感動了當時許多年輕人，紛紛投入宣教佈道行列。讓我們看到在宣教的路上，雖然困難重重、危險密布，然而，誠如〈我們有偉大奇妙真神〉這首詩歌歌詞所宣示的內容：

我們有偉大奇妙真神，偉大奇妙真神，
這真神時常凱旋得勝，常保護看顧我們，
偉大奇妙真神。
我們有偉大奇妙真神，偉大奇妙真神，
這神喜愛世上每一人，厚賜萬物給我們，
偉大奇妙真神。
祂永遠永遠在我身旁，絕不離棄我們；
若跌倒祂必扶起我，如保護眼中瞳人。
我們有偉大奇妙真神，偉大奇妙真神，

齊頌讚榮耀歸至高神，復活主再來君王，
偉大奇妙真神，是偉大奇妙真神。

是的，我們有偉大奇妙真神，這位偉大奇妙真神充滿能力、奧祕難測，在祂揀選差派之下，我們雖然只是一個小小的無名傳道者，又何所擔憂懼怕？因為寫下歷史的，不是我們，而是我們所信靠交託的這位偉大奇妙真神！

邊雲波用他的一生，有血有淚、有情有愛寫下了最精采的生命詩篇。沒有後悔、沒有怨恨，用上帝永不止息的愛，帶著祂偉大奇妙的能力，掃過歷史艱辛、艱難困苦，寫下一篇又一篇震撼人心的動人史詩。在昂揚卻又深沉的頌讚歌聲中，我們彷彿看到邊雲波以及無數個無名的傳道者，在我們眼前、更在我們心中，一個接著一個邁步踏上征程。

最後，讓我們齊心歡唱：

我們有偉大奇妙真神！

後記
為記念邊雲波一生筆耕口傳、奔波往返，宣教佈道、歷盡艱辛危難；不屈不撓、無怨無悔，寫下當代華人宣教歷史，特

整合音樂演唱、國樂演奏、多媒體影音、朗誦、舞蹈等多元藝術型態，隆重呈現《獻給無名的傳道者敘事詩劇場》。本文轉載自該劇末尾之講辭，全文刊於邊雲波最後遺著《愛是永不止息》第二版編後語。

2018 年 6 月 11 日清晨完稿

本文刊登於 2018 年 8 月號《宇宙光》雜誌

懷念周聯華牧師

前言

我在宇宙光擔任志工已進入第四十六年，一路走來，許多陪伴我走過這條漫漫長路的人還真多！2016 年 8 月 6 日息下勞苦、返回天家的周聯華牧師，毫無疑問是我生命中難忘的一位……

認識周牧師是六十五年前的事了

那一年我十六歲，經過一段荒唐失落、反抗叛逆的青春期以後，怎麼會在那時進到教會去，直到現在我也搞不清楚究竟是怎麼回事。只是那個時期的周聯華牧師，剛剛由美國留學歸來，人高馬大、少年翩翩，頂著神學博士的榮銜，卻身穿一襲中式長袍，在台灣教會初建發展的二十世紀五十年代期間，每

週在全台各地陸續建立的浸信會堂中，宣講佈道、施浸守餐。周牧師講道，溫文儒雅、簡短有力；條理清晰、直叩人心，著實令人欽佩信服。

在我從高中進入大學的階段中，上帝逐步興起許多大學生跟隨基督，以不同身分角色，投入宣教事奉工作。周牧師以其神學專業及對華人文化歷史的深厚背景了解，當此劇變時期，作為一個年輕的基督徒知識分子，該如何進退應對，自然有其獨特的看法與作為，甚至引起情治單位及某些保守人士猜疑注意。

對我們這些後輩小子而言，他是高高在上的雲端人物，學歷高、學問大，再加上坊間給他一個「宮廷牧師」的稱號，更讓他籠上一層神祕的色彩。我們這群小小的剛剛信主的年輕人，初次見到他，仰之彌「高」（穿著一身長袍的他，還真是一個高挺俊拔、飄逸瀟灑，令我們手足無措的人）、震懾無言，不知該怎麼辦才好。記得我在 1955 年悔改信主、接受浸禮的時候，就是周牧師主禮施浸的。

我奉聖父、聖子、聖靈的名替你施浸。

他的聲音緩慢、低沉而清晰，讓所有接受洗禮的人，坦然舒適地把自己交在他一雙大手的扶持下，浸入水中，與主同

死、同埋葬，然後嘩啦啦一聲從水中站立起來，預表從此以後，享有耶穌從死裡復活的新生命，一天一天活出新的豐盛生命。

大學以後，我轉到台北讀書，在那個兩岸對立、局勢緊張複雜的時代，周牧師的事奉工作似乎越來越忙，涉及的領域與範圍越來越廣，也引起一些討論與爭議。周牧師一向是個快手快腳的人，他總是比別人看得較高較遠，經常是他氣喘吁吁地跑了一段路以後，才有一些人猛然覺醒地追上來。

也有一些人在追趕途中，難免會指指點點，甚至批評論斷，周牧師面對這些現象，經常不以為忤，謙卑忍耐、無怨無悔，甚至耗費精力，悉心陪伴引領，口述筆傳，反覆解釋說明，不遺餘力。也因此留下大批著作文稿、影音課程資料。上個世紀六十年代以後，台灣教會的快速發展、奔向現代，我們可以在許多教會的輝煌歷史紀錄中，看到周牧師輪番上陣、扮演著不同的、具有關鍵性影響力的角色。

記得我大學畢業時，周聯華牧師是我們畢業感恩禮拜的致辭佳賓，他苦口婆心，提醒我們放眼社會文化，成為一個妥善敏銳回應社會文化快速變遷的現代人。我的信仰生活植根在一個十分保守的福音派信仰環境中，面對社會文化的快速變遷，以及福音救恩的挑戰需求，我們這批人一直在兩層夾縫中掙扎。周牧師在其間往往扮演折衝協調卻兩面不討好的角色。

記得在上個世紀六十年代，我們興沖沖開始藝術團契的音樂戲劇宣教工作時，我們提出「把藝術從魔鬼手中奪回來」的豪情壯志。周牧師也是我們邀請的演出指導委員之一。記得在召開演出委員會時，周牧師曾慷慨陳詞地對大家說：「戲劇藝術是我的初戀情人。投入戲劇，可要加倍小心啦。」在那十多年投入音樂戲劇藝術的事奉中，周牧師一直在我們身邊支持鼓勵我們，藝術團契也在那十幾年間，在台灣的舞台劇歷史上，寫下一頁輝煌的歷史。

　　到了 1970 年代初，整個人類文化逐漸陷入一片福音土壤沙漠化的危機之中，使得飽含福音宣教的生命種子，竟然完全找不到一片可供落土生長、開花結實的土地。面對今生現世、理性唯物的去神、去人化的危機挑戰，1973 年，我們憑信心開始了宇宙光福音預工的工作，求上帝差派我們，進入我們的文化社會，形成鋪設一塊福音好土，以利福音種子落土、生長、開花，結實三十倍、六十倍、一百倍。這當然是一個困難重重、面對諸般不可能挑戰的工作。

　　周牧師從這件事工一開始就加入我們的團隊。這麼多年來，他一直全心投入宇宙光籌委會、管理委員會，以及後來的董事會，直到他回天家那天為止，忠心耿耿作為我們的屬靈遮蓋。他也是宇宙光有關神學討論、信仰論壇的重要作者以及研討會的發言人，特別在基督教與中國文化社會的關連化問題

上，著墨思考尤多。

記得在上個世紀後期，有感於福音土壤沙漠化的形成趨勢越來越明顯，一些從事文化社會關懷、著力向當代青年傳福音的教會或機構同工們，幾經禱告尋求，決定要針對當代年輕知識分子的需要，舉辦一次講座性質的聯合佈道大會，幾經思考後，大家覺得周牧師應為合適的講員。

但是為求得到眾教會同心合意共同參與，我們竟然決定先去拜訪周牧師，探測一下周牧師對因信稱義、救贖蒙恩的神學態度。那天他在舊懷恩堂樂民館接待我們，聽我們幾個後輩滔滔不絕地對他描述當代青年迷濛失喪、犯罪失落的情形，他坐在那兒，神情嚴肅地聽著，沒有插嘴說任何一句話。

「請問你對這種現象有什麼感覺與回應？」

聽到我們最後發出的問題，他從座椅中站起來，用清晰明亮的目光，掃過我們每一個人，對我們說：

「我覺得我該死。是我，作為一個牧師，沒有把耶穌的救恩清楚明白地傳講出去。」

多麼震撼人心的回答，我們立刻決定邀請他擔任大會講員，為了爭取更多人的同心參與，他竟然謙卑順服地與我們一同拜訪許多教會領袖，回答他們的詢問，甚至寫下《如此我信》這本書，向眾人宣告他的信仰。

宇宙光是一個白手起家、憑信心開始的工作，周牧師不僅

在靈性、知性、理性上陪伴我們，與我們同步並行，他也在實際的財務支持上教導我們同走信心的道路。

記得是 1990 年的事了，宇宙光從一無所有中創立，卻年年驚險萬分、不知怎麼搞的跨過一年比一年難以跨過的財務危機，因此練就了一身「有信心，人膽大」的本領，雖然宇宙光年年經費均有很大的缺失不足，卻在 1990 年擴大推出了「送炭到晨曦，興建戒毒村」的大計畫。

如今回想起來，這根本就是一個完全不可能的計畫，但是經過多次禱告求問以後，宇宙光還是決定憑信心推出這個活動。沒想到各界回應熱烈，連我們心目中一向理智冷靜的周牧師，也讓我們看到了他靈性生命、愛心信心生活的活潑、靈敏及震撼。

1990 年正好是周牧師七十大壽，他聽到宇宙光的送炭計畫之後，決定親自參加籌款溫馨演唱會，邀請有心為他慶生祝壽的人來聽他唱一些感恩祈福的詩歌，並在會中對那些想為他慶生祝壽的人說：「送我錢，今年我需要有錢用。」

那天溫馨演唱會結束之前，周牧師從口袋掏出一張事先預備好的支票，交給劉民和牧師，臉帶微笑，平靜溫柔地說：

「這是我當牧師以來開出面額最大的一張支票。」

「一百萬！」劉牧師聲音激動地大聲宣布：「感謝主！」

我寧願有耶穌，勝於金錢……

在眾人訝異讚歎的回應中，周牧師拿起麥克風，獻出他當晚唱的最後一首歌。

周牧師決不是一個專業的聲樂家，但是他那天的歌聲，卻令全場觀眾肅然靜聽，直到散會，大家仍然坐在那兒，沉思默想，感動不已。

當然，我相信周牧師所留下的這些生命情景，會一直在我們的生命中重現重演，永不消退。

本文刊登於 2019 年 3 月號《宇宙光》雜誌

熱情的靈魂不起皺

有一句話，我一直非常喜歡，英文原文是這樣的：

Years may wrinkle your skin, but to give up enthusiasm wrinkles your soul.

翻成中文是：

歲月可能會使你的皮膚起皺，但是放棄熱情一定會使你的靈魂起皺。

多麼有意思的一句話！歲月，的確會不知不覺如飛而逝。等到你我驀然警覺，它卻早已在我們的額頭眼角，留下了一道又一道觸目驚心的刻痕。當然你也許麗質天生、善於保養，揮

揮手把這些皺紋拋諸腦後；甚至你可以花點錢，依賴現代科技，把額頭眼角的皺紋消除得乾乾淨淨、不留一絲痕跡。

「歲月」做不到的事，「熱情」做到了

現代人不喜歡老，現代人逃避老，現代人信心勃勃地自以為可以永遠不老，永保青春。活在科技發達、醫療藥物保健蓬勃興盛的二十一世紀，年紀老而皮不皺，似乎不是一件難事，歲月的刻痕也就不會必然地留在我們的額頭、眼角或身體的其他部位了。

然而「歲月」做不到的事，怎麼也想不到竟然被一個叫「熱情」的做到了。「熱情」是什麼？為什麼「熱情」竟然可以刻骨銘心地直攻要害，使人的靈魂無可逃地爬滿皺紋，昭告「老」之翩然降臨？

原來一個人是否老了，跟他度過的歲月以及原應隨著歲月而來的皺紋並非絕對有關，真正讓一個人老的，不是他所經歷的歲月，也不是歲月刻劃下的皺紋，而是一種把人生中每一個日子都視之當然，一切平靜無波，沒有驚喜、沒有讚歎，沒有喜悅、沒有激情；只是一天一天、一時一時、一分一分、一秒一秒地活下去，拖拖拉拉，苟延殘喘地活下去，如此而已。

這樣的活著，真是生不如死，又有何意義呢？這種人活著

只是因為還沒死，外表看也許光鮮亮麗、青春年少；靈魂裡卻充滿了玷汙皺紋，老病叢生。放眼看去，在今天的社會中，這種皮膚白淨、靈魂卻早已起皺的「老小子」正不知凡幾，誠為可悲可嘆。

中國近代史權威，
笑稱「對學術研究自由貪得無厭」

然而，也有一些外表看來似乎雞皮鶴髮的老者，卻從生命的底層深處，綻放出燦爛光芒，這些人不僅自己熠熠發光，也會用他生命中的光芒，點燃環繞在他周遭的每一個生命火炬，熊熊燃燒，照徹黑暗。

我很高興在我所認識的人中，就有好幾位這樣火熱燃燒自己的人，我越看他們就越不知道什麼叫做「老」。一個熱情如火的人，是永遠也不知道「老」是什麼的。我所認識的章開沅教授就是這樣的人。

認識章教授總有四十年左右了吧？初識他時，他已是我心目中一位眾人敬仰的前輩長者，一向要言不繁，快言快語，百無禁忌。在史學界，他是一位聲望卓著、不爭名利、屢獲大獎的老前輩；在華人教育界，他資望尤高，曾經擔任華中師範大學校長，巡迴世界各大名校講學研究，真可謂桃李滿天下，著

作等身。

　　然而，章教授令人欽佩的絕不止於這些外面看得見的輝煌成就，而是他的爽朗笑聲、他鏗鏘有力的語言、他橫掃千軍不畏權勢的眼神、他不貪名利怡然自得的心胸；還有那堅持理想、雖千萬人吾往矣的氣勢，讓我在他身上怎麼也找不到「老」的蛛絲馬跡。

　　章教授與我一樣皆屬虎，每次看到我，他都會瞇著眼笑嘻嘻地叫我一聲：「虎弟！」我也毫不客氣地稱他：「虎兄！」虎兄原先是研究中國近代史的權威，尤其是辛亥革命史、中國商會史、日本侵華史——尤其是南京大屠殺專案研究，更可深挖細掘、如數家珍，早已奠定了他不可動搖的聲望地位。

　　可是誰也沒想到在他年屆退休之後，卻轉而投身研究基督教與近代中國，並以退休之身在華中師大成立「中國教會大學史研究中心」，推動基督教在中國之研究工作；培育相關專業之碩士博士人才、舉辦國際學術研討會、出版論文專書；短短十餘年間，章教授以原應退休之身，使基督教研究在中國大陸極其艱困的環境中，快速茁壯成長，絕對不是一件容易的事。

　　我曾在一次國際研討會中，戲稱這種現象為「從險學到顯學」，不過章教授卻不同意我的論述。他在另一次的學術討論會主題發言中大聲說：「我的虎弟林教授說基督教研究已從險學進到顯學；只是我不同意他的看法。中國基督教研究在目前

的情勢中，依然限制重重、困難甚多，離顯學還有一大段路要走。」說到這兒，他忽然停了下來，雙目炯炯掃視臺下；然後提高了半個音，大聲宣告：

我既不貪財、也不貪色；但是我對自由、對學術研究的自由，是貪得無厭的。

掌聲在會場中熱烈響起；我抬起頭，看見虎兄昂然坐在那裡，蓄勢待發，像一隻即將一躍而起的猛虎，我的心深深被他的氣勢牽引感動，也想不顧一切地奮然躍起。有這樣的虎兄陪伴著，我還怕什麼呢？

支持宣教歷史出版，虎兄慷慨解囊

記得是 2006 年，為了慶祝馬禮遜 1807 年入華宣教兩百年紀念，宇宙光希望舉辦一次慶典活動，預計出版相關包括論文三十本、宣教士生命故事二十本、宣教彩色童書故事二十本，合共七十本；另製作一套「馬禮遜入華宣教二百年歷史圖片展」，巡迴世界各地舉辦講座展出。

老實說這個構想一直在我們心中醞釀多年，只是沒人敢正式提出而已。宇宙光只是一個小小的關心文化社會的社服單位

而已，從無固定資產經費推動各項工作，這麼大的一個研究推廣計畫，在沒有錢的狀況下提出來，會有什麼用呢？

我們陷入兩難的矛盾中，於是只好採取雙面策略進行。一方面聯絡可能撰稿的作者，收集稿件；至於出版經費等問題，則暫時迴避不談。這樣一直熬到 2006 年「世界華人福音會議」預展前，這項出版展出活動經費仍然沒有著落。

其實我們申請補助的單位大都肯定這個計畫的價值與意義，但談到經費問題，則多退縮不前，予以否定。連世界華人福音會議及宇宙光董事會都以同樣態度，希望我們另籌經費專案舉辦。在這種情形下，我們只好悶著頭皮在宇宙光成立了一個有責無權、自籌經費的新單位──「馬禮遜學園」，把研究計畫書寄給各位作者，並附上一封懇切的信函，希望作者願意奉獻稿費版稅，支持這項計畫的開展費用。

沒想到信件寄出大約十天左右，我們就收到了第一封回信，來自武漢華中師大。不錯！寫信的人正是我的虎兄章開沅教授。打開他的信，但見龍飛鳳舞地寫著幾個大字：

虎弟辦事，虎虎生風。所詢舊作，編輯成書，樂觀其成。隨附人民幣壹萬元。聊表支持。虎兄章開沅。

那年的章先生已經八十三歲，我也步入七十一歲了。捧著

虎兄的信，我一點也不覺得自己老了。

歷史是畫上句號的過去，
史學是永無止境的遠航

　　這些年來，我逐漸退出頻繁繽紛的學術公益社會舞臺，退居幕後，視需要扮演一個協助者的角色。與虎兄的接觸也日漸減少。但彼此的懸念，卻從未減少。虎兄在他老年的回憶錄中曾提及我，仍以「虎弟」暱稱，讀之倍覺親切感動。

　　今年 4 月間，這位精力充沛的虎兄，託他的學生帶來幾張閒暇喝茶的照片，邀約期待和我這個虎弟另一次的下午茶機會。沒想到，5 月 28 日卻傳來虎兄獨自平安赴約而去的消息，享年九十五歲。我驚嚇不已地邊看訃聞消息，心中一直不解地問：「虎兄啊虎兄！究竟怎麼回事？虎兄怎麼那麼急著先走一步了呢？」

　　說也奇怪，從這個問題浮現眼際心頭開始，虎兄平日有關歷史研究的一句名言，便一直在我心頭震盪迴響、反覆出現：「歷史是畫上句號的過去，史學是永無止境的遠航。」這些天來，我一直把虎兄這句話反覆念誦，成為解釋虎兄離世最好的理由。我把這兩句話剪裁成格言片語形式，傳送給一些認識或不認識虎兄的人。

虎兄在世九十五年，為過去的歷史畫上了一個又一個明確的句號；留下史學，供後人鋪陳一條永無止境的遠航。

虎兄！你先一步走了！平平安安地走吧！

你的虎弟 林治平

2021 年 6 月 27 日 23 點 4 分

本文刊登於 2021 年 8 月號《宇宙光》雜誌

PART III
信仰與科學物質

萬劫不復的悲劇

很多年前，有一位即將從大學畢業的學生，請我在他的畢業紀念冊上，寫幾句話以作勉勵。我稍加思索，便把我平時經常與他們討論的幾句話寫在上面：

錯誤的前提＋
正確的推論＋
狂熱的執行＝
萬劫不復的悲劇

最近在一個偶然的機會中，與這位久未謀面的同學匆促重逢，沒想到他竟然滿臉堆笑、興奮不已地對我說：「謝謝老師在我的畢業紀念冊上寫的那幾句話，這麼多年來，那段勉勵一直陪伴著我，面對生命成長，直到今天。」投身教育工作五十

多年，這樣的回饋，一直是最令人欣慰快樂的事。

在 2018 年 1 月、3 月的《宇宙光》耕者心專欄中，我分別寫了〈找到你自己的大提琴〉，以及〈人所苦思的終極解答〉兩篇短文，叩問生活的目的、生命的意義，沒想到竟引起海峽兩岸讀者的關心討論。

其實《宇宙光》創刊四十五年來，一直以「探索生命意義，分享生命經驗」為終極目標。四十五年來，工作發展日趨多元複雜，但殊途同歸，始終朝向「探索生命意義，分享生命經驗」這個終極目標前進，不敢稍有偏離。

可惜從宇宙光創辦伊始，失落的呼聲即不絕於耳；尤其在後現代文化的衝擊之下，理性實證、現實唯物，成為當代人認知追求的唯一面向。於是「一切相對、沒有絕對、沒有真理、沒有上帝」的呼聲，如排山倒海、覆天蓋地，從四面八方包圍夾擊、蜂擁而來。

這股滔滔洪流，把人捆鎖困居在人的今生現世、物質層面之中，認為那就是人的全部，這也是二十世紀六十年代影響深遠的哲學家赫伯特 · 馬庫色（Herbert Marcuse），在他的名著《單向度的人》一書中討論的主題。

在這本書中，馬庫色指出，人之所以為人，不可能是一個單面向的存在，馬庫色在書中提出「去人化」（dehumanization）這個觀念，在一個一切單面向化的社會文化中成長的人，必然

會使人活得越來越不像人。

很自然的，人如果只活在看得見、摸得著、想得通的自我感覺中，人就會變得只相信自己的感覺經驗，結果就會使得人人覺得自己擁有自己的真理，人人變得只相信自己推理想像出來的上帝。在這種情形下，沒有絕對，沒有永恆不變的真理，當然也就沒有終極、絕對、創造設計管理一切秩序的上帝了。

在以這種文化思想為信仰前提環境中長大的人，前提預設徹底完全錯誤，如果再不顧一切，堅持從這個錯誤的前提出發，其產生的後果，誠如中國古人所云：「君子慎始。差若毫釐，謬以千里。」需知前提思考是我們行事為人的始源推動力量，難怪中國歷代先聖先哲，均有「慎始」的剴切呼籲。因為在始源之初，稍有不慎，就有「差若毫釐，謬以千里」之虞，豈可不慎！

前提既然如此重要，緊跟著我們要問：「前提是什麼？前提是怎麼產生的？」前提是我們行事為人的一種先設信念，是一種先於我們行動思考而存在的信念。信念的產生與我們的文化社會背景大有關係。人在不同的社會文化中成長，社會化的結果，就是人之所以成為什麼樣的人的重要原因。不管你願不願意，社會化的文化影響力，就是會不知不覺成為你行事為人、思想抉擇的一部分，是一種不由自主的先設信念，使人不經思考、遵之而行，這是作為一個人必須謹慎注意、小心防範

思考的。

　　值得我們注意的是：聖經創世記記載，上帝在宇宙萬物精密完美的創造計畫中，設計了一棵不可觸摸、吃了所結之果必死的分別善惡樹。在上帝的創造計畫中，祂把自由選擇的權利與尊嚴都賜予人類，自由選擇當然是上帝的形像與樣式的一部分。

　　在上帝的創造計畫中，人是一種具有充分完全自由選擇的存在，分別善惡固然重要，但行善拒惡的自由選擇，不僅包含了分別善惡的能力，更是一種生命的超越能力，能選擇善、行出善，其意義與價值當然遠遠超越僅知分別善惡的理性認知能力。

　　今天的人類，活在累積了數千年各種分別善惡樹的庭園中，我們真的知道「何為善？何為惡？」嗎？就算我們真的擁有知道如何分別善惡的理性能力之後，我們真的有能力行善去惡嗎？我想，現代人的問題正是在此。

　　活在唯物無神、物質享樂中的現代人，早已把唯物無神、物質享樂視為唯一絕對、無可置疑的生命前提，然後依據這個偏差不全、掛一漏萬、必須多方補充修改的前提，推論出發、狂熱執行，其結果當然是遠離正道，陷入層層捆鎖、不克自拔的困境之中。

　　回顧過去五、六十年來人類文化社會演變，道德失喪、罪

惡泛濫；去神去人、危機四伏。最可怕的是，人在面對這些從四面八方蜂擁而至的危機環繞攻擊時，往往棄甲曳兵、無力對抗，只好把這些危機現象一概予以合法化、合理化、除罪化，把人與生俱有的自由選擇、生命感覺力量，完全化解消失。從此以後，人活於死中、死在罪中，使人所具有敏銳的生命感覺、靈魂呼應，消失殆盡，毫無感覺。所謂萬劫不復的悲劇，此之謂也。

時間好快，一眨眼，就是 5 月了。春天的溫暖與美好，像溫暖和煦的陽光與遍地綻放的花朵，把大地緊緊擁抱。春天來了！懇求上帝將生命復甦的春天，豐豐富富地賜給每一個人。

本文刊登於 2018 年 5 月號《宇宙光》雜誌

德先生，賽先生，
請問你是誰？

　　2019 年是五四新文化運動百年紀念，海峽兩岸三地均有慶典活動分別展開。習近平在一次有關青少年集會的場合，從民族主義、愛國主義思潮出發，卻直接跳入愛黨、聽黨話、跟黨走的巢穴框架之中；台灣則正逢總統選舉逐漸醞釀加溫時期，誰能奪得大位、爭佔權力財富高峰，更是眾所矚目、狂熱以赴的目標。

　　值得注意的是，談到五四運動，海峽兩端的人，無論是誰都會眉飛色舞、高言闊論，強調承繼發揚五四精神的重要。然而五四是什麼？真正的五四精神究竟是什麼？卻因不同的人、不同的政治立場、不同的功利目標，而有完全不同的解釋。

　　這種有關前提定義的問題，值得我們小心謹慎，詳加分辨。因為「錯誤的前提」＋「正確的推論」＋「狂熱的執行」＝「萬劫不復的悲劇」。現代人思想行事，往往從前提開始就錯了，

並且堅持從錯誤的前提出發，儘管推論如何正確，執行推論結果如何狂熱努力，結果卻必然是萬劫不復的悲劇。

　　大體而言，過去百年談到五四運動，總有兩個專有名詞會立刻浮現在我們眼前：「德先生」和「賽先生」。這兩個名詞是陳獨秀在新文化運動時期提出的重要口號。五四運動期間，一群一群慷慨激昂、熱血沸騰的愛國學子，走上街頭，振臂高呼「外抗強權，內除國賊」之餘，「德先生」和「賽先生」兩面飛揚飄舞的旗幟，便成為引領群眾，奔向終極解救當前民族國家危機明確具體方向的標的。從此以後，一百年來，「民主」（德先生 Mr. Democracy）、「科學」（賽先生 Mr. Science）這兩個擬人化專有名詞，便成為華人知識分子心中救亡圖存的靈丹妙藥。

　　走過過去百年歷史，沿途都可看到許多不同背景身分、關心社會文化發展的各界人士，站在不同立場，認定只有「德先生」、「賽先生」可以救治中國政治、道德、學術、思想上的一切黑暗。但是「德先生」是誰？「賽先生」又是誰？卻一直沒有清楚明確的定義。

　　在一片混亂紛擾中，郭穎頤教授在他的名著《1900-1950 中國思想中的科學主義》（*Scientism in Chinese Thought, 1900–1950*. New Haven, Conn.: Yale University Press. 1965.）一書中指出，近代中國思想史中所談論的「賽先生」絕非科學

（Science），而只是與科學相悖的科學主義（Scientism）而已。

　　雖然都姓「賽」，然而此「賽」非彼「賽」，一個是科學主義者（賽因提斯姆先生），只活在看得見、摸得著、想得通的唯物經驗驗證主義極限中，根本是反科學的思想模式。至於「賽先生」則應該是賽因斯先生，才是真正的科學。原來中國近百年來呼喊推廣的「賽先生」，並不是科學正宗的「賽因斯先生」，而是反科學、偽科學的「賽因提斯姆先生」，這樣有關前提思考的論述，特別值得我們關心注意。

　　至於「德先生」呢？Mr. Democracy 又是誰？追求民主、呼喊民主，似乎也是現代人一致追求的共識目標、生命境界。但什麼是民主？民主、自由、人權，這些一直掛在人嘴邊的名詞，究竟是什麼意思？

　　打開人類近代社會文化歷史，民主化的追求過程十分明顯地展現其中，然而什麼是民主？民主社會中，人權與自由的界限該如何劃定？如果民主、自由與人權必須有法律、或道德、或社會倫理規範予以限制，那麼這種民主自由或人權還能稱為享有自由、人權與民主嗎？

　　今天很多國家或地區文化，因為產生許多不同的文化社會衝突，導致文化社會及人際關係產生嚴重的緊張衝突，怎麼辦？台大黃俊傑教授曾在一次研討會中指出，今日文化社會展現的不是德先生 Democracy，而是 Demo-crazy，看看現在的選

舉，大家的瘋狂勁兒，黃教授的批評不僅幽默，還真有道理。

　　其實，西方的民主社會與人權自由的發展，與基督教的廣傳密切有關。我們知道，西方國家現代文化社會的發展，十六世紀的文藝復興可以說是重要分水嶺。除了希臘羅馬文化源自理性思考、外爍追求的科學發展、理性追求與制度結構外，馬丁路德的宗教改革則由內在生命強調本體意義價值的神學理念，配合聖經譯成英文、德文，普遍發行，深入人心，影響整體文化發展，使人與這位超越時空、自有永有的上帝，建立始源與終結的生命關係，是一種主體存在、實存意義的建立。

　　十六世紀的啟蒙運動即起源於希臘羅馬與希伯來文化三個源頭的整合融會，可惜後來的發展，只看到希臘羅馬文化的理性外爍追求，大放異彩；希伯來文化強調的本體內在生命追求，因為不能立即快速提供「看得見、摸得著、想得通」的證據資料，逐漸退出文化思想、社會發展的領域，以致於十九世紀以後，西方文化逐漸形成「去基督教文化現象」（de-christianization）。

　　從十九世紀中期到二十世紀以後，基督教逐漸傳入東方，但在西方文化中，基督教卻一步步邊緣化。等到十九世紀末、二十世紀初，影響中國近代文化發展的留學生從歐美回國貢獻所長時，他們帶回來的只有希臘羅馬文化的實驗驗證與民主人權自由思想。至於實驗驗證與民主人權自由的本體根源——希

伯來宗教文化思想，則無情地予以割斷棄絕。

　　五四運動同時，中國的知識界也爆發了驚天動地的「非基運動」(anti-Christian movement)，這種排斥基督教對本源終極意義追尋了解的主張，使華人追求現代化的努力，必然踏上西方現代化的覆轍。二十世紀中期，西方文化雖然擁有今生現世物質的豐盛，卻找不到存在的意義、生命的價值，而爆發出一連串失落哀號的怪異現象，也很快在台灣各地展開。看來追求現代化除了要認識「德先生」和「賽先生」之外，還得先認識「希（伯來）先生」不可。

本文刊登於 2019 年 6 月號《宇宙光》雜誌

起初上帝創造

對一個基督徒知識分子而言，有一個基本前提信念是先於一切而存在的。根據聖經記載，宇宙萬物一切的源頭起源於上帝。打開聖經一看，創世記一章 1 節開宗明義宣告：

起初，上帝創造⋯⋯。

新約約翰福音一章 1-3 節也清楚明白宣告：

太初有道，道與上帝同在，道就是上帝。這道太初與上帝同在。萬物是藉著他造的；凡被造的，沒有一樣不是藉著他造的。

聖經論及一切萬物的源頭始源之處，就是上帝採取的創造

行動。上帝說有就有，命立就立，各從其類，不可錯亂。在上帝是萬物根源的前提下，就這麼奇妙地建立了宇宙萬物彼此相依、互為依存的奧祕關係。

在一切創造完成、運作無誤之後，上帝又按著祂自己的形像與樣式，用地上的塵土造人，並在他的鼻孔裡吹了一口氣，使他成為一個有靈的活人。然後使他沉睡，並從他身上取下一根肋骨，造成一個女人，兩人以骨中骨、肉中肉的親密關係，相互幫助、修理、看守、管理園中的一切。

依據上文簡單描述記載，上帝的創造有其先後秩序、前後六天；各從其類、依序創造。萬物的終極源頭是那位自有永有、創始成終的上帝。上帝是先於一切、在任何的「有」與「存在」之先，祂是原先早已存在的源頭，也是一切先後秩序的設定者、分門別類的創造者、始源者，以及這些類別秩序的控制者、管理者。並將它們鋪設在奧邈難測的宇際太空，其神聖、其超越、其邃宇奧祕，完全超乎人的頭腦所能想像。

以人類之聰明智慧能力，即使每次耗盡當時科學探測研究上的所有能力，但事後回顧，人類所能解決的問題，僅可對當時茫茫然的宇宙奧祕觸探了解其千億億分之一而已。誠如1969 年 7 月 20 日美東時間十點五十六分，第一個登陸月球的太空人阿姆斯壯（Neil Armstrong, 1930-2012）踏上月球表面

時說：「對於一個人來說，這是一小步……，對於人類來說，這是一大步。」

　　其實阿姆斯壯個人的這一小步，不知耗盡那個時代多少菁英科學家經年累月、苦思冥想與研究分析；也不知耗費當時多少科技資源、財力物力的瘋狂投入，才在歷經萬難、提心吊膽中完成。稱為人類的一大步，的確有道理。

　　但距離阿波羅十一號登月五十年後，動輒以光速為測量距離的太空科技研究時代而言，月球距離地球僅有一又三分之一光秒，真是一顆近得不能再近的鄰居了。今年（2019）4月，太空物理學界的黑洞照片曝光消息轟動全世界。

　　6月號的《宇宙光》雜誌，清華大學的潘榮隆教授在〈黑洞，我看見了！〉一文中告訴我們，這次公布的黑洞影像與地球相距五千五百萬光年，天啦！什麼叫做五千五百萬光年？你就知道月球距離我們有多近了。

　　科學發展快速驚人，但科學每向前跨出一步，固然引領我們更深一步看到宇宙萬物更深一層的奧祕；但在此同時，科學進展也因我們向前跨越這小小的一步，把我們推向更深更廣的未知領域。原來一個陷在無知領域的人，因為新知而跨出原來無知的領域，但因跨出原來無知的領域，才發現一片原來早已存在，卻因自己置身在原有的黑暗中而無法覺察的黑暗。

　　其實人的一生都一直活在繼續摸索前進、被光指引、破除

黑暗、進入新的光明的循環過程。至於最後終極的答案，我們相信一直掌握在「起初上帝創造……」的那位「太初有道」的「上帝」的手中。當我們知道得越多，會發現我們的不知也變得越來越多；當我們憑著信心奔向不知，打開一把一把不知的祕鑰時，才會歡欣鼓舞發現：

敬畏耶和華是智慧的開端；認識至聖者便是聰明。（箴言九章 10 節）

面對始源問題的追問，回答的基礎是一個堅定不變的信念，「起初上帝創造」便是一個始源問題的前提信念，不能證明，也無從否證。「起初上帝創造」、「太初有道」是一種生命的信念，也是理性推理的源頭起點。

起來，我們走吧！讓我們從不知中滿懷敬畏向前走！智慧的開端正在前方向我們熱情招手！

本文刊登於 2019 年 7 月號《宇宙光》雜誌

知道不知道的知道

「知道不知道的知道」，什麼意思？

「知道不知道的知道」，究竟是知道？還是不知道？

「知道不知道的知道」，究竟是什麼意思？

首先讓我們看看這組辭語中頭尾兩個「知道」。

首先出現的「知道」這兩個字，指的是我們對某件事情了悟明白的過程或結果。因此，在「知道不知道的知道」這組字群中，頭兩個字「知道」是動詞，「知道」什麼？緊接其後的是「知道」這個動詞的受詞，知道什麼？知道「不知道的知道」，其中「不知道的知道」這六個字，就是坦然面對自己的不知道、知道自己不知道的內容是什麼，其所佔的位置是一種知道內容狀態的呈現，因此這六個字所佔的位置是名詞。

知道什麼？知道「不知道的知道」這件事。在這種情形下，「不知道的知道」這組語辭，指的是我們對某些事件情節

內容不知道的狀況。

而最後的「知道」兩字，則指一個人對知道自己不知道的狀況，充分了悟明白的知道了。

怎麼樣？「知道不知道的知道」，不簡單吧！

其實要求一個人擁有「知道不知道」的知道，還真不是一件容易的事呢！當我們大聲嚷嚷「知道！知道！知道！」的時候，你知道你在說什麼嗎？

也許你在一陣苦思焦慮、瞎碰亂撞之後，忽然想通知道了一件困擾你許久許久的問題，使你終於從千頭萬緒、不知所措的焦慮困惑中，脫困而出、大聲歡呼：「知道了！知道了！」

從「不知道」走進「知道」，的確是一條令人歡欣鼓舞的漫漫長路。其實人的一生，一直在「不知道」與「知道」之間掙扎前進，從懵懂嬰兒時期開始，人類就一直循著從「不知道」到「知道」這條路一路行來，先是「不知道」，然後是「知道」。

也可以說人之所以知道，是從知道自己不知道開始，人必須先知道自己有所不知道，才會從不知道中尋覓探索，逐漸進入知道的豐碩成果中。更有趣的是當人進入知道的豐碩成果之後，會發現又有一大片不知道的前景，等待著你前去探索發現。

有意思的是，只有人具有這種「知道不知道的知道」的能

力，因為人擁有這種「知道不知道的知道」的能力，面對奇妙偉大的上帝所創造、奇妙偉大奧祕的宇宙萬物，科學才能不斷地發展進步，科學越發達，人類才逐漸發現，面對奇妙、偉大而奧祕難測的宇宙萬物，「知道不知道的知道」，是一種多麼神聖莊嚴、令人肅穆敬畏的感覺。

原來不管我們「知道」「不知道」，永恆不變的絕對真理，早就存在，沒有轉動的影兒。不管我們「知道」「不知道」，改變的永遠是從「不知道」進入「知道」的我們。

其實，科學就是一條從「不知道」到「知道」的漫漫長路發展下來的，是的，科學越發達，我們似乎知道得越多，然而在知道得越多的時空中，我們卻發現我們不知道的更多，令人欣慰奇妙的是：我們卻在「知道不知道的知道」的情況下，逐步走向開啟宇宙奧祕更豐美滿足的規律秩序關係中。

聖經創世記告訴我們：「起初上帝創造……」

人類所有的知道，都在上帝起初創造之際，各從其類的完成了，等待著我們一步一步、滿懷驚喜讚歎地去「知道」。

「知道不知道的知道」才是真知道，你知道嗎？

本文刊登於 2020 年 1 月號《宇宙光》雜誌

天才的悲劇

卡辛斯基？

卡辛斯基是誰？

卡辛斯基（Theodore John Ted Kaczynski）於 1942 年 5 月 22 日出生於美國伊利諾州庫克郡常青園，智商 167、自幼聰慧過人，十六歲進入哈佛大學，二十歲自哈佛大學數學系畢業。期間接觸參與哈佛大學亨利 · 莫瑞教授（Henry Murray）主持的相關心理學研究。

有人認為這些研究可能使卡辛斯基從一個全心支持現代工業社會、科技發展的人，變成一個反工業文明、反科技發展的狂熱分子，這樣的改變可能造成了他心靈人格發展上某些創傷。

1962 年哈佛畢業後，卡辛斯基進入密西根大學攻讀數學博士學位，他很快地完成了他的博士論文，在評審委員驚歎讚

賞聲中，這篇大家認為十分深奧、全美只有十餘人能看懂的論文，為年僅二十五歲的卡辛斯基戴上了尊榮的博士榮冠，並於同年受聘出任加州大學伯克萊分校歷史上最年輕的助理教授，璀璨的學術光環，吸引了世人欽羨讚賞的眼光。

然而這一切一般人得之不易的榮銜成就，卻擋不住卡辛斯基思考自我生命前景、人類前途的焦慮煩擾，人啊人！

在一片火紅燃燒的快速變遷之中，人人紛紛擾擾、個個爭先恐後；人類在幹什麼？人類將奔向何方？而你而我緊跟著汲汲皇皇的人群，奔來跑去，究竟要跑向何方？奔往何地？

年輕博學的卡辛斯基忽然發現，在外表的光環之內，另有一團團無解的生命難題、人生困境，把自己重重纏裹、不見天日。

生命啊！生命究竟是什麼？

人啊！人？充滿了永遠解不開的、一個又一個問號。

工業文明對人類生活的每一步，布下了快速而整齊的步伐；使得在行列中的每一個人不由自主地踏著相同的步調，齊步向前邁進，千萬人如同一人，不能稍有閃失錯誤。

而科技的準確與利便，使人心甘情願、不由自主地把自己交給了機器，聽任擺佈，人的尊嚴？人的價值？人的自由？完全蕩然無存。

卡辛斯基在 1967 年底決定離開世人擠破頭也進不去的加

州大學伯克萊分校，在他父母資助下，先與父母同住，並於1972 年在蒙大拿州森林深處，建構了一間簡陋的無電無水的小木屋，開始他長達二十四年自炊自飲的簡樸隱居生活。

隱居的前六年，他銷聲匿跡、在荒野自然中，面對自己、苦思冥想，1978 年他寄出了第一個郵包炸彈，對象是芝加哥西北大學一位知名的材料科技教授。

從那以後連續十八年，他先後寄出十六個郵包炸彈，對象多為知名大學理工科教授或民航班機，先後炸死三人、炸傷二十三人。

卡辛斯基心思細密、作案不留任何破綻痕跡。儘管聯邦調查局及時組成「校園炸彈客」（Unabomber）專案、耗費巨資五百萬美元，依然無法破案緝凶。

直到 1995 年，相關單位收到了一篇長達三萬五千字、題為〈工業社會及其未來〉宣言式的長文，要求《紐約時報》和《華盛頓郵報》一字不改全文照登，他便立即停止校園炸彈客的攻擊行為。

聯邦調查局以避免「再有任何炸彈攻擊」為由，只好同意全文照登。文內作者理念清晰地解釋他的信念與犯罪動機。

作者認為科技發展為人類帶來了諸多毀滅式的災難，工業化文明以及隨之發展的社會結構，必將令人失去了人之所以為人最珍貴的自由，因此他希望摧毀工業化發展控制下形成的社

會組織，科技發展所帶來的成就及人類基因工程的快速發展，使人類不斷適應並順從社會體系，最終必然被社會體系完全控制。

因此社會改造及科技發展必須倒退，面對科技，人必須站在主動使用者的地位，否則快速的科技發展，帶來的必然是快速的人類的死亡與毀滅。

因而他對生物科技、基因科技、AI 科技的發展均持強烈的反對質疑態度，為達此目的，他鎖定的「大學郵包炸彈客」收件對象幾乎都是知名的科技界專家學者，其目的就在企圖以科技倒退的形式，達成人類自由的解放。

這篇文章刊布後，引起讀者熱烈的反應與討論，更特別的是他的弟弟及弟媳，從文章中的字裡行間，他們嗅出了一絲絲卡辛斯基的筆鋒與思緒，幾經思考，他們決定大義滅親，連同他們的母親向聯邦調查局舉報，1996 年 4 月 3 日，卡辛斯基在他隱居二十多年的山林小屋中被逮捕歸案，他的家人雖欲以卡辛斯基罹患精神病為其辯護，但為卡辛斯基所拒。

結果卡辛斯基被判八個無期徒刑，終身不得保釋，至今仍在監獄執行中。

2017 年卡辛斯基的故事被拍成電視劇集播出，再度引起關心文化社會發展的各界人士的討論與重視。尤其是近十年來，太空科技的發展，把渺小有限的人類驚惶失措地摔進浩渺

無窮的宇宙穹蒼之間：

我在哪兒？這是什麼地方？我在這兒幹什麼？

什麼是我奔赴的終極目標與方向？

這種因為稍微知道一些以前不知道的知道，因而使人陷入更大不知道的知道，往往令現代人越來越茫然驚慌、莫知所從。

而資訊網絡科技以及機器人 AI 科技的快速發展，更徹底的逼使人走進資訊機械一致化的捆鎖之中，人成為宇宙萬象中的一種，人不見了！人再也找不到自己、再也找不到別人，我們怎麼辦？

卡辛斯基真的只是一個殺人不眨眼的恐怖主義者嗎？或者只是一個精神錯亂的瘋子天才？

如果你有機會陪伴卡辛斯基，你要對他說什麼？

看完卡辛斯基的故事，你要對自己說什麼？面對當今文化社會、科技發展，你有什麼話要說？

本文刊登於 2020 年 2 月號《宇宙光》雜誌

信仰與科學的沉思

在一般人的印象中，信仰與科學是兩種無可相容的觀念。科學代表理性與智慧，而信仰則是無知迷信的代言者。真的是這樣嗎？宇宙光自創刊以來一直關注這個專題。創刊四十九年來，一直邀請具有科技專業及信仰深度的專家學者，撰寫專文、出版專書，累積不少成果經驗。

仰觀宇宙之「大」

「宇宙到底有多大？」這個問題激發歷世歷代人類的好奇心。不分古今中外，總有一些人絞盡腦汁，希望找到標準答案。歷經千年來的追尋探索，發現許多令人驚訝的事實。

譬如說太陽是地球的一百三十萬倍大，而參宿四星則比太陽大五千萬倍，像這樣大小相差懸殊的星球，在宇宙中多如塵

沙，根本不可能數算。據科學家估計，可能動輒以千萬億計算，若真要問宇宙究竟有多大？星系星球究竟有多少？我們只能很「科學」也很「信仰」地說：「不知道。」

打開人類科學研究發展史，我們可以發現這個問題一直是人類關心思考的主題。直到十七世紀，義大利科學家伽利略（Galileo Galilei, 1564-1642）開始利用望遠鏡觀測太空，從此人類開始「以管窺天」的天文研究工作。

伽利略在天文學、物理學、工程學和數學各方面都有重大貢獻，他是現代科學史上的關鍵人物之一。伽利略利用自己製造的望遠鏡，完成他著名的天文觀測。最初他使用1608年由荷蘭人發明、能夠將物體放大三倍的低倍望遠鏡。

1609年，伽利略建造自己改進的望遠鏡可以放大八倍，之後他製造了一架能夠放大二十倍的望遠鏡。直到如今，業餘天文學家仍然使用放大二十倍或三十倍的望遠鏡來觀察行星。我讀大學時期，人類對外太空的了解仍然相當有限。人類仍然被困在大氣層內，無法掙脫。

直到1957年，蘇聯發射第一枚人造衛星史普尼克一號（Sputnik-1），宣告人類探索的腳步深入宇宙，正式進入太空時代。1961年4月12日，人類史上第一位太空人加加林（Yuri A. Gagarin, 1934-1968）駕駛蘇聯的載人宇宙飛船東方1號（Vostok 1），成功環繞地球軌道一周後宣稱：「我飛越太空沒

有看到上帝，所以沒有上帝。」美國知名佈道家葛理翰幽默回應說：「一隻蚯蚓從克里姆林宮後院鑽出地面，左右張望一下，回到地下說：『我去過克里姆林宮，沒有看到赫魯雪夫，所以世界上沒有赫魯雪夫。』」

1968 年聖誕節期間，美國太空船阿波羅八號從太空中拍攝到的珍貴景象──「地出」，這是人類第一次看到地球在太空中運行的真相。那年平安夜，船上三位太空人在太空中謙卑朗誦創世記開首：「起初，上帝創造天地……」，而不是高傲自誇「人定勝天」的偉大。隔年阿姆斯壯（Neil A. Armstrong, 1930-2012）代表人類首度登陸月球。人類從此正式展開登陸月球太空之旅。

1990 年發現者號太空梭在太空安裝了哈伯太空望遠鏡。為了記念美國天文學家愛德溫・哈伯（Edwin Hubble, 1889-1953）而以他命名。哈伯在 1929 年透過星系觀測數據，指出宇宙正在膨脹。此一發現（後世稱哈伯定律）被譽為二十世紀最重大的天文成就。哈伯太空望遠鏡成功安裝後，《宇宙光》也曾邀請在美國太空總署（NASA，位於 Pasadena）工作的太空科學家梁慶封撰寫專文，介紹哈伯太空望遠鏡。自從阿波羅計畫之後，人類對外太空的認識與了解越來越多，同時也發現人類對太空不知道的也越來越多。

這種因為知道越多，因而發現不知道的部分也越來越多的

弔詭現象，也引起更多學者的困擾與興趣。人類好不容易從一個不得其解的難題中脫困而出，卻又被另一個新難題緊緊纏住。當我們發現月球距離地球只有一又三分之一光秒時，面對哈伯從億萬光年之外傳回來的遙遠星系，人類這一點歷盡千辛萬苦獲得的成就又能算什麼呢！

2021 年聖誕節，美國太空總署成功發射新一代的韋伯太空望遠鏡，準備在未來接替哈伯太空望遠鏡的工作。2022 年 7 月 12 日，美國太空總署發布第一批韋伯太空望遠鏡運用紅外線攝影技術捕捉到的高畫質全彩影像。這項耗資超過百億美元的計畫，會給未來太空研究帶來什麼樣的衝擊與成就？沒有人敢預言！

俯察萬物之「小」

上面談的都是大東西。現在換個角度，看看「小東西」。在目前已知的微觀尺度中，「奈米」大概是最為人所知的！奈米的英文是 nanometer，奈米有多小？奈米之小，小到一奈米＝十億分之一公尺。什麼意思？夠小了吧！奈米如此之小，我們的眼睛看不到、手摸不到、也感覺不到，如果想一睹奈米的廬山真面目，唯一的方法，就只有使用高解析的顯微技術才看得到它。

奈米是個新名詞，直到二十一世紀，奈米科技才逐漸成為眾人矚目追求的目標，也是二十一世紀最熱門的名詞，日常生活中，到處可看到它的蹤跡。奈米的用途非常廣泛，但是奈米到底是什麼？奈米跟公尺一樣，都是「長度」單位。奈米的大小尺寸大約只有極小分子或 DNA 的大小，一奈米大約是二至三個金屬原子、或是十個氫原子排列在一起的寬度，一根頭髮的直徑大約是三萬至五萬奈米。

奈米之小，遠遠小於人類視覺可以觀察的範圍，我們看不到也摸不到奈米。難怪美國知名物理學家理查‧費曼（Richard P. Feynman, 1918-1988）要說：「微小世界有很大的發展空間！」（There's plenty of room at the bottom.）

聖經與科學的對話

根據聖經記載，上帝在「起初」就完成「創造」的一切工作。並在每個創造工作完成之後給予一個「好」作為評價。尤其是完成「人」的創造工作以後，聖經記載，上帝給了一個「甚好」的評價。創造的源頭是自有永有、奇妙的上帝；宇宙的一切存有，都是經由上帝精密設計、各從其類、從無到有、互為補益、創造而得的。因此科學的發達，其實是始源於人類對上帝創造「各從其類」的原則，分類而進、觸類旁通，終能

逐類了悟，得知前所不知，成為新知，這便是科學。

「各從其類」是科學，有嚴謹的秩序與規律，可供觀察分類研究，不可錯亂；「上帝看著是好的」則是將生命的意義與價值，放在上帝永恆的計畫與眼光中衡量。科學從來沒有創造出任何東西，只是把上帝創造、早已存在、上帝原先計畫中是「好」、卻不為人所知的奧祕「發現」出來，彰顯恢復其原有的形象樣式與功能。從這個角度論述，上帝在起初就「各從其類」「創造」完成了「甚好」的一切，並把祂所造的一切，交給我們修理看守，並且享有一切。

因此，以人之渺小有限，只能一點一滴、慢慢從「知道『不知道』的知道」開始，逐漸開啟，脫離「不知道」，進入新的「知道」。其實科學越發達，只不過是人從原先知道「不知道」的境況中，逐漸「知道」的過程。這個過程一經啟動，我們會對原先「不知道」的困惑，了悟明白，隨即跨入另一個新的「不知道」的領域。逐漸「知道『不知道』」的「知道」，就是如此這般循環不已產生的。

結論

2022 年 8 月 22 日，美國太空總署發布韋伯太空望遠鏡拍下的第一批超高畫質木星照片，連木星的極光、木星環和衛星，都拍得一清二楚，讓天文科學家驚歎不已！雖然如此，人

類能掌握的科技奧祕仍然非常有限。科學越發達,我們就會發現還有更多的「不知道」,等著我們去發現,面對未來、面對宇宙的浩瀚無窮,人真的是非常渺小。

宇宙光創辦四十九年來,對科技與信仰問題素極關心,創辦初期在中原大學校長暨陽明醫學院創院院長韓偉博士號召引導下,召聚海內外學者專家,組成科技與信仰小組,座談討論、下筆為文、在雜誌闢寫專欄,出版專書,一時蔚為風潮,引發思辯討論。

韓偉過世後,宇宙光特闢「韓偉紀念講座」,數十年來一直在這個領域內經營推動,不敢輕忽。曾有一位教授十分嚴肅地在研討會中對大家說:「科學越發達,就越能發現萬事萬物的複雜精細、博大深邃、奧祕莫測,於是我便會更加驚歎震懾,更加敬畏上帝——宇宙萬事萬物的創造與管理者的智慧大能。」

本文刊登於 2022 年 10 月號《宇宙光》雜誌

PART IV
信仰與人生智慧

人所苦思的終極解答

　　2018 年 1 月，我在耕者心專欄中發出「請問你是誰？」這個問題，引起不少讀者朋友的回應。一個中國大陸頗具影響力的社群網站，立刻特別介紹、同步推出，也引起不少人的回應討論。在過去一個多月期間，我曾應邀在不同的場合，與不同年齡、背景、資歷的朋友分享這個問題，一再感受到不同聽眾朋友的熱切回應，使我的思緒更加墜入這個問題的漩渦之中。

　　尤其是令人措手不及、忽焉而至的 2018 年，時光似乎跑得比從前更快，等各位看到這篇短文時，已是 3 月以後，而再過不了多久，我就是一個貨真價實、年滿八十的八十「老」翁了。這是怎麼回事？天哪！原來「老」這個老傢伙，一直環伺守候在生命門外，分分秒秒覬覦閃入我們的生命。於是，只要是人，在各人自己的生命舞台上，都會在逼問自己「我是

誰？」這個大哉問的時候，讓「我從哪裡來？我要去哪裡？我在這兒做什麼？」這三個問題便如影隨形地從四面八方把我們給緊緊纏住。

人不僅活在與過去經歷緊密連接的回憶中，也必須時刻面臨選擇地活在當下；人也是所有的存在活物中，唯一會跨越當下、面對未來終末意義的生命實存；人是一個活在過去、現在、未來三重時空中的存在。我認為這就是「人之異於禽獸者幾希」的幾希之處，也是人——只要是人——就會反覆追問：「我從哪裡來？我要去哪裡？我在這兒做什麼？」這三個問題的原因。

中國人說：「慎終追遠。」實在有道理。的確，人人都有一死，而且所有的活物中，只有人是在活著的時候，就知道自己將來終末是會死的。難怪有人悲哀地說：人的存在是一種「活於死中」（Live in death）的存在。

如果，活著的終點就是奔向死亡，在這種情形下，人當然會迫切追問：「那麼，死亡是什麼？死後人將要到哪裡去？」中國文化中，對死亡儀式的繁文縟節，證明了中國人文化心靈中對死後存留的關懷與懸念。人的存在，不僅走過過去、存留記憶、回味懷念；人也必須活在當下、奮力打拚、勞苦嘆息；人更會面對未來尋問終極、尋求意義、追求價值。

然而，慎終如果只停留在死亡，把死亡當作我們生命的

終點站，「我要去哪裡？」這個問題就會成為我們生命尋問過程中，永遠找不到答案的難題了。至於生命中「追遠」這個問題，什麼是追「遠」？追多「遠」才叫做「遠」？以我家族的故事來說，我的名字是「林治平」，家父的名諱是「林蘭籤」，祖父的名諱是「林敬初」。我們這一輩人，生於戰亂，所以從家父那一輩開始，少小離家、四處流浪，對家鄉血脈關係，深感淡薄而遙遠。

我對祖父的印象，也只有「林敬初」三個字而已。我一直很喜歡「敬初」兩個字，想來是曾祖父喜獲麟兒之際，希望襁褓中的孩子要「敬初追遠」的意思吧！可惜從我爸爸年少離家開始，戎馬倥傯，想要承歡膝下、慎終追遠，根本就不可能。

直到海峽兩岸開放，年近九十的老爸，在我陪同下，回到故鄉，不顧年邁體衰，顫顫巍巍堅持爬上泥濘山丘，在祖父新修墳前，仰望蒼天，一語不發，默然流淚不已。原來還懷抱一絲盼望，信誓旦旦以為可在家鄉祠堂尋得林氏宗族家譜，稍解尋根之情，不料所有資料均在文化大革命時期焚毀殆盡。

對我而言，「我從哪裡來？」這個問題，照中國傳統「追遠」的觀念，我所能追到的，只是一位我沒見過的、具有敬初追遠盼望的祖父。至於祖父的爸爸是誰？我連名字都叫不出來。看來要追溯我生命的源頭根源在哪裡？在中國的社會文化傳統中，是怎麼追也追不出來了。

一個回答不出「我從哪裡來？我要去哪裡？」的人，只好活在所謂的「當下」情境中，這種人是無法回答「人是什麼？我是誰？」這種問題的。「我從哪裡來？」是每一個人所特具、追源溯本的根本問題。中國最古的經書《易經》就有「君子慎始，差若毫釐，謬以千里」的說法；《左傳・襄公二十五年》強調「慎始而敬終，終以不困」；漢朝時賈誼也說：「君子慎始。」

　　清朝的李漁所謂「此生既能慎始，必能全終。」就是這個意思。也就是《禮記・卷七》所云：「故禮之教化也微，其止邪也於未形，使人日徙善遠罪而不自知也。」由此可見，中國古人多麼看重始原未形之處。

　　「人是什麼？人從哪裡來？人的生命氣息存留從何而來？」這些源頭始原的問題若沒有弄清楚，貿然邁步，從錯誤的前提出發，儘管其後的推論如何合理正確，執行如何嚴謹徹底，其結果必然落入一個萬劫不復的悲劇，實在值得現代人警覺醒悟。你不覺得現代人的許多問題，都是因為從前提始原一開始就錯了嗎？從錯誤的前提出發，跑向不知所終的未來，越跑得快，就會越快越深地墜入錯誤的淵藪之中，無法自拔，這不正是現代人正在上演的一齣齣悲劇嗎？

　　打開人類發展的思想歷史，我們可以看到人類一直在這三個問題中苦思焦慮，尋求出路答案。世界從何而來？宇宙萬物

因何而生？因何而有？人活在世界中，生命是什麼？生命的內容是什麼？人與宇宙萬物的關係是什麼？人活著的目的意義是什麼？有錢？有學問？身體健康？有權勢地位？但是這一切外在的「有」，在不可逆轉的災難、病痛、死亡臨到時，卻會忽焉消逝幻滅，完全失去意義。難怪耶穌要說：

> 人就是賺得全世界，賠上自己的生命，有什麼益處呢？人還能拿什麼換生命呢？（馬可福音八章 36-37 節）

其實聖經這本書對於生命的問題，尤其是生命的起源和終結這兩大問題，都有清楚明確的答案。打開聖經創世記一章 1 節，開宗明義地寫著：「起初，上帝創造天地。」一語中的地指出一切始原的源頭是上帝。

上帝的創造是宇宙萬物生發出現的根源。創世記前三章，仔細描述了上帝以其智慧能力、創始成終創造宇宙萬物及人類的原則順序，一切各從其類，各司其職，共生共長，不可混淆錯亂。萬物有則，萬事有律，道路真理，不證自明，先於一切而存在。約翰福音所謂：

> 太初有道，道與上帝同在，道就是上帝。這道太初與上帝同在。萬物是藉著他造的；凡被造的，沒有一樣不是藉著他造

的。（約翰福音一章 1-3 節）

說到這兒，你也許會好奇地問：「上帝是誰？上帝在哪兒？我到哪裡去找上帝呢？」這個問題，聖經中的摩西早就問過上帝了。上帝的回答簡潔明快，卻遠遠超越人的理性經驗思維。上帝對摩西說：

我是自有永有的。（出埃及記三章 14 節）

原來上帝就是一切理性經驗思維的創造者、設計者、維護者，祂是超越時空、自有永有、永不改變，甚至連轉動的影兒都沒有的上帝（參見雅各書一章 17 節）。到新約聖經最後一卷書啟示錄也如此記載：

主上帝說：我是阿拉法，我是俄梅戛，是昔在、今在、以後永在的全能者。（啟示錄一章 8 節）

「阿拉法，俄梅戛」，是希臘文二十四個字母中的首末二字，即 A（alpha），與 Ω（omega），意思就是「首與末」、「始與終」。啟示錄曾經多次提及，上帝是首先萬有的本源，也是末後萬有的歸結。（見啟示錄一章 8 節、17-18 節；二章

8節；二十一章6節；二十二章13節）就像詩篇一百三十九篇15-16節說的：

　　我在母腹中被塑造，在隱密中逐漸長大，骨骼怎樣成形，你都知道。我出生以前，你已經看見了我；那為我安排尚未到來的日子都已經記錄在你的冊上。（現代中文譯本）

　　耶穌說：

　　我就是道路、真理、生命；若不藉著我，沒有人能到父那裡去。（約翰福音十四章6節）

　　「人從哪裡來？人往哪裡去？」這兩個看似簡單的問題，卻是一個超越時空、超越理性經驗的問題，把這兩個問題夾纏在人的時空理性經驗中，是永遠找不到答案的。因為一切的始原、一切的終極答案，都掌握在超越時空、創始成終、創造掌控一切規律秩序的上帝手中。聖經這本書，不！應該說是上帝的話語，告訴我們，不是我們去找上帝，而是上帝來找我們。

　　道成了肉身，住在我們中間，充充滿滿的有恩典有真理。（約翰福音一章14節）

其實整本聖經一直在描述上帝如何找人的艱辛歷程。一個苦苦尋找「我從哪裡來？我要去哪裡？我在這兒做什麼？」的尋道者，打開聖經，所有的答案都在裡面。作為一個現代人，在我們的生命舞台中，也許風雨雷電正從四面八方轟然襲來，這正是我們必須嚴肅面對「我從哪裡來？我要去哪裡？我在這兒做什麼？」這三個基本問題的最佳時機。也許就把這三個問題，當作 2018 年送給自己的年度禮物吧！

　　　　　　　　　本文刊登於 2018 年 3 月號《宇宙光》雜誌

迎接挑戰．寫下歷史

面對鴉片戰爭以後的華人歷史文化社會變遷，清代名臣李鴻章曾稱之為「三千年未有之大變局」。著名的中國近代史學家、外交家蔣廷黻也曾在他的名作《中國近代史》一書中，深然其說。

傳統？現今？未來？我們究竟在哪裡？

李鴻章與蔣廷黻此言，絕非誇大其辭。的確，以過去三千年來守成不變的古老中國，面對近百餘年的文化社會快速變化，早已變得讓人不知道什麼是中國了。其實這種快速的改變，也使活在時空限制內的世人措手不及、慌亂不堪，往往還沒有搞清楚該如何面對昨天的變化，今天已在眨眼之間消失不見，於是只好慌慌亂亂、糊里糊塗跑進了不知所以的未來。傳

統？現今？未來？我們究竟在哪裡？人是什麼？我是誰？我們找不到答案！

1970 年，艾文·托佛勒（Alvin Toffler）出版了他的經典著作《未來的衝擊》（*Future Shock*），打開「未來學」（Futurology）的研究熱潮；緊接著在現代科技資訊快速發展的 E 世代，托佛勒在 1980 年出版《第三波》（*The Third Wave*），引領現代人一頭栽進資訊科技的洶湧浪潮；1990 年，托佛勒又出版了《權力的轉移》（*Power Shift*），強調在電子數位化的世代，誰掌握資訊，誰就掌握權力。這一連串資訊科技的快速發展，使人與人之間的距離，從遠隔天涯、難相聞問，忽然間變成近在咫尺、密不可分，形成所謂的「地球村」（global village）。再加上快速便利、無所不在的新媒體，使人活在資訊爆炸的圍困之中。

世界變得越來越快，昨天的歷史文化社會，似乎完全趕不上現代人的腳步；而所謂的未來，已快速敲開了現代人一扇又一扇空寂無物、來不及關閉的心扉，使得活在今天的現代人，越來越不像人。難怪從上個世紀五、六十年代存在主義風行全球之際，「我們是失落的一代！」（We are the lost generation!）的呼聲，便不停地在我們耳畔心際迴響；七十年代迄今，進入所謂的「後現代」以後，沒有絕對、沒有真理、沒有上帝、人不見了（dehumanization）的呼聲響徹雲霄，使活在後現代時

空環境之下的「人」，在天、人、物、我四個面向之間，除了略知「物」一個層面之外，對其他三個層面卻越來越混亂毫無所覺。

然而物欲的泛濫，填不滿心靈的空虛，當人似乎擁有今生現世的富足豐盛之際，內心卻越來越覺得空盪沒有意義。許多詭異、令人想不通的文化社會問題，便像大地震以後引發的海嘯，排山倒海、一波又一波地衝擊著毫無抵抗力的城鎮鄉村。

吸毒與迷幻藥泛濫成災，無法阻攔；兩性關係錯亂、婚姻家庭、親子教育、青少年犯罪、道德價值觀瓦解破產；沒有絕對、沒有真理、沒有上帝。人多活在看得見、摸得著、想得通的層面之中，成為一個不折不扣的「單面向人」（one-dimensional-man），所建立的關係，永遠都是看得見、摸得著、想得通的東西，永遠只是一種「I-it relation」（我─它關係）的建立。

也就是馬庫色（Herbert Marcuse）在 1964 年出版《單向度的人》所指稱，活在「去人化過程」中的人。只是這樣的「人」，還能稱之為人嗎？人失落了！人不見了！這是後現代文化社會所面臨最大的危機。

其實面對時空的變幻轉移，加上每個人源於本體獨特性的不同回應，你會發現，每一個人的確活在有感有知的今天；但在此同時，只要是人，卻又清楚意識到一去不回、無法重演驗

證的昨天，總躲藏在某一個隱祕不見蹤影的時空之中，不斷在形塑我們手中的每一個今天；而每一個今天又伸張雙臂、快步迎向千變萬化、完全不可捉摸的明天。

在這種快速演變的情形下，每一個人都活在昨天、今天、明天的時空交錯中，活出了每一個獨特的自己，也從而參與建構了歷史、形成了文化。在這種情形下，如果我們一直置身事外，茫然不知地活在快速演變的文化社會中，我們將會越來越不認識自己。

直到有一天，忽然醒悟面對未來的自己，我們會驚訝發現，我們所擁有的，只不過是一連串的震驚、震驚、還有更大的震驚。眼看著過去的價值在我們眼前消失殆盡；而今天的擁有，則像一個個閃耀飄浮、美麗多采、卻一觸即破的肥皂泡，只能看著它在我們眼前遠飄飛去、瓦解破滅，消失不見，留下來的只是空、空、空的嘆息。我在哪裡？我在幹麼？人不見了！人失落了！人活得越來越不是一個人了！我到哪裡去尋找自己？我怎麼才能遇到另一個「人」？

歷史是一頁找人的紀錄

打開歷史，我們似乎看到一頁又一頁人在尋找失落的自我的紀錄，走過草莽無知的原始，瞥見人性的曙光在善惡之間的

掙扎；也聽到探索生命意義的聲聲吶喊，分享生命經驗的不停吟唱。然而，在此同時，我們也發現，叛逆上帝、偷吃禁果的故事，公然上演；絕情斷義、凶殘暴虐的屠殺，一幕幕地展開。科技物質文明越來越進步發達，罪惡黑暗勢力卻籠罩麻痺了人柔軟的良心。

馬庫色認為現代工業社會帶來科技進步，雖然給人提供更多自由的條件，於此同時也帶給人越來越多的種種強制，使得活在這種社會中的人，不知不覺變成一個麻木不仁的單面向人。在這種文化框架之下成長的人，只活在唯物驗證、沒有超越、沒有絕對、沒有真理、沒有上帝的實證現實之中。

明乎此，對當前社會文化中種種駭人聽聞的怪異現象，就可以輕鬆明白了解而不以為怪了。打開人類的歷史紀錄，你會發現「人不見了」的狂潮越來越洶湧，但另一股「找人」的涓滴潛流，卻一直暗潮湧動、不曾稍息。尤其在上個世紀七十年代以後，這兩股潮流巨浪，一直在歷史的舞台上相搏相爭，值得我們重視。

上帝同在同行的見證

感謝上帝，把我們放在這麼一個變化快速、科技進步、應接不暇，因而危疑震撼、充滿挑戰的現代文化社會中。

《宇宙光》創刊於 1973 年 9 月，正逢人類文化邁步轉向後現代的起步階段。未來的震驚像一記轟隆隆的春雷，劃過天際；第一次世界能源危機對人類帶來的不可抗拒的衝擊，陪伴著《宇宙光》同月降生；環境保護的議題，隨著 1974 年在美國華盛頓州斯波坎（Spokane）舉辦的「人屬於大地」(Man belongs to the Earth) 世界博覽會，引起普世的關懷注意；六十年代西方存在主義引發的「嬉皮運動」(Hippie movement) 以及中國大陸的紅衛兵文化大革命運動，顛覆改變了中西文化古老的基礎根源；九十年代以後的資訊科技、太空科技、生物科技、奈米科技，更把人一方面推向浩渺無窮的宇宙星空，另一方面引領人類進入超微精細的奈米科技世界。

　　而快速發展的科技探討，把人逼入越懂就越不懂的無限奧祕境界；傳統破滅、道德價值毀棄、社會問題錯綜複雜推陳出新，迫使人類慌亂不堪地站在未來的十字路口，惴惴不安，不知何去何從。一失足成千古恨的恐懼，使我們焦慮惶恐在那兒站了好久好久，一步也不敢挪移。尤其是進入二十一世紀以後，E 世代的快速來臨、機器人取代人力智慧的逼人危機，使人的存在地位受到前所未有的質疑。

　　就是在這種危機四伏的情況下，上帝把深入文化、預備福音好土的呼召擺在我們心中。藉著耶穌所講的撒種比喻，上帝告訴我們，種子是上帝的道，沒有問題；撒種的行動已經完

成，也沒有問題；那麼，宣教成敗的關鍵因素在哪裡？土地！對了，土地！接受種子落土、生長、開花結實的土地若沒有預備好，一切的準備和努力都將無效歸零。

1973 年，緊隨著上帝的一聲呼召：「你們給他們吃吧！」祂把改變、預備一塊福音好土，以利福音種子落土、生長、開花結實的異象傳給我們。面對這麼大的壓力挑戰，我們能嗎？我們敢擅自冒險投入嗎？老實說，遠在宇宙光籌備開辦之初，我們就知道，這是一件不可能的使命。幾經躊躇逃避、甚至公開勸阻反對，最後卻在聖經所講五餅二魚神蹟故事的呼召中，憑信心貿然投入。

如今，四十五年的光陰如飛而逝，四十五年來的科技、文化、社會變遷，更是快得令人目不暇給，為了因應這些變化，宇宙光四十五年來所發展投入的工作，更是遠遠超越我們當初所能想像與計畫，若不是上帝恩手扶持，我們絕不可能跑到今天。

到 2018 年 9 月，《宇宙光》雜誌已發行 533 期，以每期平均發行量來估算，大約總共發行了六千多萬冊。在當今簡便迅捷的郵政系統支援下，每期發行的《宇宙光》遍及世界各地，以每冊保守估計五萬字計算，每冊轉手三個人閱讀，能夠持續發行四十五年，從來不曾脫期中斷，僅此一項事工，就令人讚歎感恩，若不是上帝的同在賜福，完全不可能達成。

除了每月發行的《宇宙光》雜誌，面對各種不同需要而發行的專書、文集、見證故事、學術論文、童書繪本、影音產品、文創宣教、弱勢關懷等，種類更為繁多。在宇宙光走過的四十五年歲月，我們深入各個不同領域，爬梳鬆土，清除荊棘雜草，形成好土，親眼看到一粒粒福音種子落土成長、開花結果。心中的快樂，難以言宣。

　　上帝也一步步帶領我們，在歷史文化社會中，掌握語言符號，建立溝通橋梁，舉辦各種講座、研討會、學術論文發表會等，並出版發行相關文集，重建歷史真相，消除仇恨偏見、誤會隔閡，打開對話交流的大門。在過去四十五年中，上帝也帶領我們的腳蹤，踏入內陸各地，深入歐美紐澳、新馬印尼東南亞各地；上帝也讓宇宙光成為一個平台，興起有音樂藝術恩賜、輔導協談專業的人士，組成不同的團隊，服務這世代有需要的人；上帝更特別帶領宇宙光進入歷史文化、學術教育的領域，跟不同的專業人士團隊合作。

　　如運作已久的華人教會歷史與宣教工作，近日承蒙前農復會主委沈宗瀚先生的家屬同意，捐贈沈先生故居，作為宇宙光馬禮遜學園收藏展示、研討推廣華人教會歷史資料中心；而策畫多年的全人豐盛生命培育學園（簡稱：全豐學園），師資募集、課程計畫，均已逐漸完成，即將在 2019 年隆重展開。面對現代歷史、文化、社會、科技一波一波的挑戰，我們不能再

靜默不語！我們必須跨步向前、坦然面對；掌握歷史脈動，形成未來文化。

最近一段日子，心情時有起伏，想到當今社會文化出現的各種怪異現象，絕大多數的老百姓除了嘆息、還是嘆息；民主政治遭政客操作玩弄的惡形惡狀，使得千千萬萬的可憐選民，看不見一絲希望；尤其最近幾年，台灣爆發的同性婚姻立法問題，導致家庭地位不保，父母角色、兩性身分面臨挑戰；在這些問題的爭議上，基督徒似乎一直處於挨打地位，淪入不敢也不能、甚至不知該如何回應的窘境。

面對這種情形，教會界反撲維護，卻處處居於消極下風、無能無力的狀況，能不讓人沮喪難過嗎？反觀同運分子在教育文化、社會活動上經營多時，難怪一旦動員起來，我們會手忙腳亂、難以應付了。但轉念一想，上帝不是一直在過往一連串不可能的困難中，使用我們這些一無所有的人，在不可能中完成許多祂要藉我們完成的工作嗎？焉知上帝不是要藉此機會喚醒教會，在歷史、教育、文化、社會等方面特別措意致力，力挽狂瀾於既倒；在一片驚濤駭浪中，看到上帝安坐其間、掌控一切嗎？

深耕歷史文化，搭建福音平台

感謝上帝！在過去四十五年多的歲月，上帝一直帶領我們，在這個艱難萬分、缺錢缺人、缺智慧能力的教育歷史、文化社會、思想潮流中，依靠上主恩典修橋鋪路，搭建一座又一座不同的溝通橋梁與平台。請為宇宙光從上帝所領受的異象呼召禱告。

2019 年是五四運動暨和合本聖經翻譯出版百年紀念，相信世界各地華人聚居之地，都會有許多不同的慶典活動相繼舉行。宇宙光策劃一連串「上帝說華語──聖經中譯與華人文化歷史圖片巡迴展」相關活動，希望透過圖片展示、文字書寫、製作掛圖、巡迴展出，能夠形成話題，引人注意思考。

同時，也將在雜誌開闢專欄；邀請專家學者舉辦講座或研討會，出版專書論文；並編製《上帝說華語──聖經中譯與華人文化歷史圖片巡迴展》導覽手冊。當然，在這些活動展開的同時，宇宙光日常的工作仍然會持守腳步，一步一腳印地走下去。

回頭看一眼一口氣寫下的這篇文章，我自己也嚇壞了。在似乎烏雲一片鋪天蓋地的籠罩之下，我們有突圍而出的可能嗎？相信許多人都知道，2018 年是文字出版與社福機構面臨嚴重考驗的一年。除了世局動盪、東西強權軍事經濟競爭暗潮洶湧、危機四伏外，國內由於政府大砍軍公教警年金計畫的強力實施，文化事業的主要消費客源與社福機構的支持奉獻捐助

者，正是來自這些人，因而使得原已有限的資源客戶大打折扣。

從宇宙光 2018 年的收支差額看來，到 7 月底已達一千一百萬元，而未來幾個月，正是宇宙光迎向挑戰、衝刺拚搏的日子。每年到了這個時候，戴德生事奉上帝三個階段的經驗論說，就會在我們心中反覆重現：首先是在「不可能」與「困難重重」中的痛苦掙扎。

這種經驗在過去四十五年來，幾乎年年如此。但掙扎到最後，我們終於被迫決定還是學習信心與順服的功課，等候經歷上帝「完成了」的恩典與神蹟。因為上帝既然如此呼召，我們所能做的便只能俯伏上帝面前，如此祈禱：「主啊！僕人在此，請差遣我們。」

親愛的宇宙光好朋友！讓我們一齊來到上帝面前，等候神蹟再次在我們當中展開。

（本文沿 2016 年舊稿〈迎向未來震驚，基督徒何去何從？〉增補改寫，藉以記念《宇宙光》創刊四十五週年，並自我勉勵，繼續奮力前行。）

本文刊登於 2018 年 9 月號《宇宙光》雜誌

「盼世代」？「叛世代」？

「盼世代」？

「叛世代」？

　　兩個讀音一樣的新名詞，一個是盼望的盼，一個是叛逆的叛，你聽過嗎？

　　先說盼望的「盼世代」？什麼叫「盼世代」？打開歷史冊頁，從十六世紀開始，我們似乎聽到、也看到一些樂觀理想主義者，滿懷熱情，邁開腳步，快步衝進所謂的啟蒙時期。這些人企圖擺脫中古黑暗，強調理性思考、經驗至上。於是科技物資，發展快速；人權民主，響徹雲霄。一時之間人類久盼不得的烏托邦，似乎即將降臨人間，令人興奮不已。

　　然而直到二十世紀初，人類歷史的記載，始終是戰鼓隆隆，未曾稍歇；終至引發兩次世界大戰，兵連禍結，慘不忍睹。雖然如此，仍有不少人士，依舊深深相信，人類久盼不得

之烏托邦，終必降臨。於是理性科技，快速發展；資訊網絡，忽焉登堂入室，令人沉迷其間，渾然忘返，分秒不可或缺。

所謂的「盼世代」——一個經由資訊科技帶來的人工智慧（AI）時代，大剌剌地忽然來臨，使當代人面對科技理性快速發展，一方面充滿自信盼望，每日高度覺醒，快速追趕，不敢稍有疏忽，落於人後。在看得見的理性科技、物質豐盛的表象哄抬倡和下，引領世人走進現代，跨入後現代。在這些人心中，人類盼望已久的烏托邦，正一步步降臨人世，面對即將來臨的成就美好，豈可疏忽錯過。

然而奇怪的是，在所謂的現代、後現代快速變化的文化社會中，人類一方面似乎信心滿滿，充滿盼望跨步前行；同時卻又在舉步抬足之際，茫茫然不知為何舉步向前，更不知跨步奔向何方。於是只好徨徨然每天狂熱忙碌地活在一個不知終極目標的旅途中。

這些號稱活在「盼世代」中的人，一方面似乎滿懷歡樂盼望走進二十世紀，另一方面卻在一連串的破滅失望、歷盡全力掙扎之後，只得在一無所有的空無之中，發出失落失喪、沒有意義、沒有絕對、沒有真理、沒有上帝，一切都是荒謬中的荒謬、毀滅絕望中的聲聲吶喊。

於是「失——落」的呼聲從二十世紀五十年代開始，此起彼落，如一把鋒刃的利劍，搗毀刺透了懷著盼望進入「盼世

代」的後現代人的心靈深處。難怪當代後現代主義知名的哲學家馬庫色在他的著作中沉痛指出，所謂的後現代人，是一群活在「去人化過程中」的人（Era of dehumanization）。

人活得越來越不是一個人，逼得一些原來嚮往「盼世代」的人，在看得見的物質科技快速成長發展的過程中，卻越來越不知所以地只會在那些看得見的物質世界中，翻騰浮沉、無法自拔。現代人雖然可以每天面對設計精密的手機、機器人，在號稱擁有千萬網友的社群網絡中，若有其事地忙得不可開交，卻只能坐擁孤燈，叮叮咚咚地敲著鍵盤。

根據《基督教今日報》報導，澳洲斯威本科技大學（Swinburne University of Technology）和健康促進基金會（VicHealth）發表的最新調查報告：在社群媒體前所未有的快速和緊密連結彼此的世代，十八到二十五歲之間的青年，竟然有超過三分之一的比例「孤單成病」（problematic levels of loneliness）。難怪在「盼世代」高唱入雲的今天，我們也諷刺性地聽到所謂不絕如縷叛逆的「叛世代」嘆息。

在號稱充滿盼望的「盼世代」的時代氛圍中，叛逆的「叛世代」──這個一切都反其道而行，失去盼望、失去心靈的寧靜、喜樂與平安的世代，始終如影隨形，一直潛伏其中。一個只活在這種「叛世代」中的人，他一生孤獨憂鬱、不知奔向何方悲慘的命運，是無法逃避避免的。

盼世代？叛世代？你在哪兒？

聖經是一本奇妙的生命經典，創世記一章 1 節直截了當地宣告，宇宙的來源源於一位超越時空、創始成終的上帝。按照祂的秩序安排，一切被造萬物都是「各從其類」（創世記一章 11-13 節）地受精密掌控，從而有計畫地創造完成。

講到人的創造，除了具備屬於物質成分的塵土以外，人更是一個「照著上帝的形像與樣式」（創世記一章 26 節）被造，而「神是個靈」（約翰福音四章 24 節），所以按照上帝自己的形像與樣式所創造的人，也必然具有上帝的靈，是一個「有靈的活人」（創世記二章 7 節）。

既然如此，當然也是一個享有絕對主權、選擇自由的人。所以，除了分別善惡那棵樹上所結的果子外，上帝允許亞當、夏娃吃園中樹上所有的果子。上帝之所以允許那棵分別善惡樹的果子，在伊甸園中生長，因為上帝所造的人，是根據上帝的形像與樣式所造，擁有與生俱來絕對的自由與選擇的尊嚴。

可惜從伊甸園時期開始，人就被那棵分別善惡樹所展現的「悅人眼目、可供食用」的物質情欲所吸引，錯用他的自由選擇，成為一個虧缺敗壞上帝榮耀、被罪捆綁、失落失喪、想盡辦法逃避拒絕上帝的人。也就在亞當、夏娃失敗墮落的那一刻，我們看到了上帝尋找拯救的計劃，在伊甸園中隆重展開。

其實從那時期開始,「盼世代」、「叛世代」相互纏鬥掙扎的場景,就已正式展開。我們看到,亞當、夏娃偷吃禁果之後,伊甸園中便有涼風吹起,聖經上的記載告訴我們:

耶和華上帝在園中行走。……耶和華上帝呼喚那人,對他說,你在哪裡?(創世記三章 8-9 節)

細讀聖經會發現,整本聖經宣示的真理,堅持上帝因著愛,是一位主動臨近人、尋找人、永不放棄拯救人、陪伴人的上帝。尤其是在新約時代,耶穌更是道成肉身,進入人世,充充滿滿、有恩典有真理住在我們中間的那位上帝。(約翰福音一章 14 節)祂在世三十三年期間,一步一腳印,走遍各城各鄉,周遊各地,宣講天國福音,為世人的離棄背叛、陷入失落失喪諸項罪惡犯行,在十字架上,承受羞辱苦難,付出捨命贖罪代價。

耶穌來了,祂親自來到這個焦慮孤單、失去盼望、罪惡捆綁、失去自由平安,叛逆的「叛世代」,把我們從焦慮纏繞、失去自由選擇的敗壞生命情境中,拯救出來。耶穌在約翰福音八章 36 節大聲宣告:

所以天父的兒子若叫你們自由,你們就真自由了。

這就是活在叛逆「叛世代」中的人類，人人都可享有聽聞、來自「盼世代」耶穌永恆慈愛的呼喊聲。

本文刊登於 2019 年 11 月號《宇宙光》雜誌

請過來幫助我們！

「請過來幫助我們！」

聽到了嗎？

這是聖經中最有名的馬其頓呼聲……

保羅聽到了，並且用他餘下的生命經驗故事，熱切地回應了這個呼召。毫不猶豫避諱地寫下了個人歷盡罪惡纏擾、失去自由、痛苦掙扎、不得解脫，卻能在上帝恩典賜福的新生命中，活出一片璀璨令人欽羨的生命篇章。他在新約聖經的保羅書信中，回顧過往人生，毫無隱飾地大聲呼喊：

立志為善由得我，只是行出來由不得我。故此，我所願意的善，我反不做；我所不願意的惡，我倒去做。……我真是苦啊！誰能救我脫離這取死的身體呢？

展望前景，卻也歡欣鼓舞地熱情宣告：「若有人在基督裡，他就是新造的人，舊事已過，都變成新的了。」

這是何等奇妙的生命改變故事。

「請過來幫助我們！」 聽到了嗎？保羅聽到了，從此扭轉了他一生生命的方向，伴隨著宣教的腳蹤，使福音的好消息，進入西方歐洲世界，改寫了人類的文化歷史，打開了世界文化發展的冊頁，從此以後我們發現——

「祂」的生命故事（His story），進入人類的生命歷程中，形成了我們的「歷史」（History）。

耶穌的降生，把人類的歷史分成兩個部分，耶穌降生之前，稱為「主前」（英文 before Christ，簡稱 BC），耶穌降生之後，稱為「主後」（拉丁文 Anno Domini，簡稱 AD）。從此以後，人類歷史再也離不開耶穌基督。

「請過來幫助我們！」 兩千年來，這樣的呼喊，一直在人類的歷史中迴盪。

其實早從伊甸園時代開始，上帝在人類始祖偷食禁果、違背上帝旨意失落犯罪之後，就曾四處尋找、大聲呼喊：

「你在哪裡？」

走過歷史，一代一代，人類仍然在罪惡捆綁流離飄蕩中翻

滾掙扎，成為一個失家的浪子。千百年來，上帝一直以預備好的救贖恩典，等待浪子返家。

打開聖經，你會發現，上帝差派祂的獨生愛子耶穌基督，道成肉身來到世間，以聖潔無罪之身，走上羞辱痛苦十架，付出贖價，完成救恩。祂曾大聲宣告：「人子來，為要尋找、拯救失喪的人。」也曾慈聲保證：「我來了，為要叫羊（或譯：人）得生命，並且得的更豐盛。」

相對於現今所謂後現代世代，一切追求驗證重演，凡無法驗證重演者，其存在均被否定拒絕，眾人皆活在一個「被去人化」（dehumanized）的文化中，現代人活在一種「人不見了」（dehumanization），「神不見了」（dedivinization）的文化氛圍中，使人不知不覺地活得越來越不是一個人，更可怕的是逐漸失去「不是一個人」的警覺，這種情形正是保羅所謂「死在過犯罪惡之中」，連一點感覺都沒有了。就如——

冷水煮青蛙，慢慢加溫，直到死都不知道！

這真是現代人存在的最大危機所在。

「請過來幫助我們！」四十七年前，我們也聽到了這一聲來自現代華人文化社會的沉痛呼聲，在一片追求現代化的狂焰掃過之後，留給人類社會的只是一些肉眼看得見的「東西」，真理？真理是什麼？

上帝？上帝在哪裡？

尼采不是大聲宣告——上帝已經死了嗎！

海明威不是告訴我們——人雖然活在物質的豐富享樂中，卻再也找不到意義，找不到自己了嗎？

卡繆、沙特這些當代大哲不也踏著虛無的腳蹤，奔向不知終極的未來去了嗎？……

我是誰？

生命的意義何在？

作為一個當代華人，飽經戰亂分裂，外侮入侵的恩怨情仇，更讓當代許多人對基督信仰飽含著敵對仇視。生命的終極意義在哪裡？人活著究竟是為什麼？我們找不到答案。

「請過來幫助我們！」1973 年，我們也聽到了這一聲聲懇切的呼求，我們惶恐，我們驚懼，我們似乎隱隱然知道這是來自上帝對我們的呼召，然而，我們是誰？豈敢回應這不可能的挑戰？手中握緊我們僅有的五餅二魚，不敢奢望能夠餵飽嗷嗷待哺的廣大群眾。

是的，就是那一年，1973 年那個炎熱的夏季，上帝用祂的憐憫慈愛，打開了我們的耳朵，使我們聽到了普世華人殷殷地求告：「請過來幫助我們！」並用祂堅定的話語對我們說：「你們給他們吃吧！」

「我們給他們吃？」怎麼可能？然而，奇妙的是——從那時開始，祂藉著宇宙光的工作，親自一步步帶領我們，走進曠野，走進飢餓的群眾，走進華人文化社會心靈的缺憾，讓我們看見並且經歷了五餅二魚的神蹟。大家都盡他們所要的吃飽了，不僅吃飽了，剩下的零碎，竟然也裝滿了十二個籃子。

從 1973 年 9 月開始，我們一直謹慎小心，尋求上帝的心意，聆聽來自華人歷史文化的呼聲，傾心盡力，搭建一座座溝通天人兩岸的天橋，使華人面對歷史的隔膜、文化的阻礙、生命的困惑、信仰的跨越，能找到一個突破艱難困阻的出口，在耶穌基督裡，找到道路，明白真理，享受生命。

誠如內地會的創辦人戴德生（Hudson Taylor）所說：「所有上帝偉大的工作，都有三個階段，首先是『不可能！』，然後是『困難重重！』，最後是『成了！』。」

過去近半個世紀以來，我一直以志工身分投入宇宙光各項工作；注意聆聽，來自普世華人文化社會心靈的呼喚，我們確曾一再經歷戴德生走過的三個階段：「不可能！困難重重！成了！」

「請過來幫助我們！」
「你們給他們吃吧！」
來自華人文化社會以及上帝命令的雙重交錯中，「請過來

幫助我們！」

我們的心聽到了普世華人的哀哀呼求；我們也聽到了上帝交付給我們的使命：「你們給他們吃吧！」

慈愛、堅持、從不間斷；經驗告訴我們：想要完成這一項呼召使命，似乎越來越「不可能！」越來越「困難重重！」

社會文化急遽變遷，道德倫理錯繆乖離，物化性化泯滅人性，罪惡捆綁無神去人，財務經濟咄咄逼人。

面對這一切的「不可能」「困難重重」，請聽我們在上帝面前誠摯的祈禱：「請過來幫助我們！」

我們需要敏銳愛神愛人的專業人才；面對龐大的經費欠缺壓力，我們需要眾人同心合意的奉獻支持；面對普世華人失落失喪、亟待尋找拯救、得著豐盛生命的恩典，我們求主賜下更多宇宙光雜誌的訂戶，讓郵差成為我們的宣教士，把福音救贖的恩典，按月寄送到分散在天涯海角每個角落的華人手中；求主感動更多基督徒，使用宇宙光書刊、影音福音產品，把上帝的愛與拯救，帶到每一個有華人蹤跡的地方。

你也許會說：「不可能！」我們也承認：「困難重重！」然而，如飛而去的過去經驗告訴我們，在所有的「不可能！」與「困難重重！」中，最後的結果都是：「成了！」

面對當前的「不可能！」與「困難重重！」我們誠懇迫切地邀請你：「請過來幫助我們！」我們相信，「成了！」的雀

躍歡呼，正在前方等待迎接我們。

「請過來幫助我們！」
你聽到了嗎？
「你們給他們吃吧！」
你聽到了嗎？

後記

　　下個月是宇宙光創刊四十七週年紀念，也是我在宇宙光擔
任志工滿四十七年的日子。回想當年，我才是一個三十五歲的
年輕人，如今卻是一個高齡八十二歲的老人了，心中感觸萬
千。爰撿拾多年前舊文〈請過來幫助我們！〉重讀回憶，心懷
感恩，激動不已，特增補改寫，重刊於此，以誌不忘。並祈讀
者諸君，同聆上帝恩典呼召，興起獻身，共沐主恩賜福恩典。

本文刊登於 2020 年 8 月號《宇宙光》雜誌

坦然「是」自己的智慧

　　IQ 是一種面對自我、接納自我的勇氣，也就是一個人坦然「是」自己的智慧。

　　疫情期間封城、封村、封鄉、封路的消息，時有所聞，人際交往之間經常會面對如下幾句盤查：

　　「你是誰？」

　　「你來找誰？」

　　「你到這裡做什麼？」

　　其實這幾句問題正是千古以來哲學家相互答問之問題，沒想到一時之間，竟然成為當今街頭巷尾最流行的見面話題。

　　這些看似簡單通俗的話題，其實正是一個人自出生以來，一直拿來問自己的問題。也是古往今來哲人學士拿來反覆追問

自己或對方的大哉問。

「我是誰？」

「人哪！你在哪裡？」

「人不見了！」（dehumanization）

「全人是什麼？」

現代人用這幾個問題，天天互問，翻來覆去，卻找不到答案。

聖經告訴我們，耶穌十二歲時，「智慧和身量，並上帝和人喜愛他的心，都一齊增長。」（路加福音二章 52 節）小小的耶穌，十二歲時就活出四個層面全人一齊成長的全人豐盛生命。

IQ：坦然「是」自己的智慧

「全人」這個辭語的英文是「holistic」：原文的含意是把看得見的「部分」（part）＋看不見但確實存在的「什麼」（what）整合在一起的意思。限於篇幅，本文談的是全人理念中的一環——IQ。

IQ 重不重要？IQ 當然重要。但是 IQ 究竟是什麼？難道

IQ 只是所謂的聰明、會讀書？如果只是如此，那麼 IQ 與 KQ
（knowledge quotient）又有什麼差別呢？要談這個問題，首先
要了解 IQ 中的「I」究竟是什麼。如果「I」只是 intelligence
的簡寫，那麼所謂 intelligence quotient 中的 intelligence 究竟是
什麼意思呢？根據《韋氏新世界辭典》的解釋，其意義如下：

1. 是一種從經驗中學習與了解事物的能力，是一種獲取知
   識（knowledge）的心智能力；
2. 是一種對新情境迅速而成功的反應能力，知道如何運用
   理性有效地解決問題、指導行為；
3. 隨心所欲地運用這些能力，以完成使命任務。

　　那麼我們要問，IQ 的「I」究竟是什麼？我認為從全人教
育的角度來看，IQ 的「I」是英文字母大寫的「I」。我一
直主張，IQ 是一種面對自我、接納自我的勇氣，也就是一個
人坦然「是」自己的智慧。

　　所以，我更喜歡說 IQ 是「I quotient」。須知一切的知識
都是客體外在、可供觀察、可以重演的，擁有這一切，充其量
只是一個知識淵博、學富五車的人而已，他自然可以算是一個
聰明人，一個有學問的人，但是，聰明、有學問就是有智慧
嗎？

聰明、有學問的人就會勇敢地面對生命、有「是」自己的勇氣嗎？

普遍失落，哲學家、文學家也無解生命之真諦

知名學者保羅・田立克（Paul Tillich, 1886-1965）所說的「courage to be」，古往今來不知困住了多少聰明人。從古希臘第歐根尼（Diogenes, 活動於西元前四世紀）白天提燈在雅典街頭苦苦尋覓、大聲呼喊：「人啊！你在哪裡？」開始，歷世歷代不知有多少聰明人似乎找到了許多身外之寶，也破解了許多千古謎團，但是一碰到自己，卻始終渾渾噩噩、不知所云。人在思考歷程中，一直有 Is 或 About 的困惑。我覺得人——尤其是所謂知識分子，之所以痛苦輾轉、不得安息，原因就是在此。

這些人客觀的知識也許有一大把，說理論事也好像頭頭是道、令人折服，但是一旦面對生命本身，甚至生、老、病、死，卻忽然變得像白痴似的幼稚，可笑復可憐。

下面幾個影響現代文化思想的人物，可為殷鑑：

一、首創神死哲學的尼采（Friedrich Wilhelm Nietzsche, 1844-1900）

出身牧師家庭的尼采，曾有小牧師之譽，幼遭喪父喪弟之痛，深切思想生死，找不到答案。接受現代教育後，萌生反叛心理，進入大學之後，追逐希臘思想，道德行為漸行漸遠，因不能達成生命目標而陷入掙扎痛苦。曾說：「如果有上帝，而上帝不是我，那還得了，所以沒有上帝。」於是倡超人哲學——查拉圖斯特拉，喊出神死口號。英年早逝，係當代悲劇哲學家的代表人物。

二、海明威（Ernest Miller Hemingway, 1899-1961）

寫作出版以失落感為文學藝術的主題，描寫死亡，深切動人。1954 年以《老人與海》一書，獲諾貝爾文學獎。縱情吃喝玩樂，人生無所依託，多次住進精神病院。1961 年 7 月 2 日清晨出院後次日，以雙管獵槍的槍管塞在嘴中自殺而死。留下名言：「一個人最可怕的死，是失去他存在的中心意義。」令人唏噓嘆息。

三、徐復觀女兒的嘆息

徐復觀（1904-1982）的女兒在追念父親的一篇文章中如此說：

跟父親在一起的最後幾天，父親睡得很不安穩，時時喚祖

母，時時急促地嘆著：好慘啊！好慘啊！問父親有什麼要交待囑咐的話，父親抿著嘴，很難過地搖搖頭，眼角噙著淚水。每當想到父親，浮現在眼前的總是父親去世前，在摯愛的兒女身邊所感到的寂寞和絕望。

從早期西方的第歐根尼找不到人，也找不到自己開始，經過數千年、歷世歷代所謂的智者大儒苦苦追尋，時至今日，我們雖然可以發射太空船探測火星，也可以解開生命密碼，企圖複製人類，但生命是什麼？人是什麼？我是誰？這些最基本、最重要的問題，我們卻越來越憒然不得其解。

物化的時代，表面富足，實則心靈空虛

從二十世紀六十年代開始，失落的呼聲響徹東西：荒謬、空無、失落、無意義、無希望，這一連串徹底絕望的呼喊，在世界各個不同的角落此起彼落地熱烈迴盪。

而進入二十一世紀以後的後現代，更高舉著沒有中心、沒有絕對、沒有真理、沒有上帝的大纛，揮舞在飽受汙染、變化莫測的苦難世界中，使得只活在理性經驗、俗世今生的現代人，成為一個不折不扣的單面向化、物化的人，這種人表面上看是一個享有物質豐富、充滿自信的人，骨子裡卻是一個心靈

找不到歸宿、生命流離漂泊、無所依託的人。

一個不認識自己、不認識別人、不認識上帝、只活在物質世界中的單面向人，我們能說他擁有 IQ 嗎？這種人真能對新的情境有迅速而正確的回應嗎？我絕不相信這種人能對新的情境有迅速而正確的認識，更別說他能夠有迅速而正確的回應了。這些歷代傳世的大儒學者認識既有偏差，因此而獲得的經驗自然也是偏差錯誤的，那麼經由這些經驗而獲取的知識自然也是偏差且錯誤的。如果我們堅信這些知識能力，用以完成某些使命任務，那豈不是大錯特錯了嗎？

因此人必須先找到生命的方向與人生的目的，才能夠對周遭的情景與環境做出正確迅速而成功的回應；經由這些正確迅速而成功回應所獲得的經驗，才能形成正確的知識體系，供人學習擁有並且傳承不息。缺少這種認識，哪裡還有 Intelligence 可言？你說是嗎？

認識、敬畏上帝，
才有真實的接納自己、愛人惜物

這樣看來，要找到 IQ，必須先找到自己與上帝之間的關係，聖經箴言九章 10 節有云：

敬畏耶和華是智慧的開端；認識至聖者便是聰明。

　　這句話真是智慧之王所羅門遍歷人生、讀盡群書之後的智慧之言。一個認識自己與上帝關係的人，也是一個認識人與上帝關係的人。

　　上帝愛世人，甚至差遣祂的獨生愛子，為世人的罪死在痛苦、羞辱的十字架上，所以人與人的關係就是一個愛人如己的關係，就是一個相互接納與尊重的關係。當人與上帝的關係、人與人的關係確立以後，他面對自然萬物、宇宙乾坤，自然凜然肅穆、深情相傾。這種人當然不敢以征服宇宙、人定勝天的傲慢心態，對大自然任意破壞、予取予奪；他也不會獨霸資源、肆意揮霍，不知尊重分享。

　　一個有 IQ 的人是一個敬畏上帝、熱愛生命、接納自己、愛人惜物的人，只有這樣的人才是一個擁有真正 IQ 的人，才是一個真正的人。也只有這種人才是個擁有智慧的人。

你希望有高IQ嗎？你知道真正的IQ是什麼？

　　《宇宙光》於 1973 年 9 月創刊，四十八年以來，面對人類社會文化日趨單面向、物化的去人化現象，在上帝的恩典帶領及聖經啟示教導下，提出全人架構，深入華人文化社會、機構

學校，在華人文化社會面臨挑戰變化的時代中，一直扮演陪伴扶持的角色。我們為此獻上深深的感謝。走向未來，讓我們同心合意、靠主恩典，邁出全人生命的腳步。

本文刊登於 2021 年 10 月號《宇宙光》雜誌

我們從新冠肺炎病毒
學會了什麼功課？

　　近兩年來，「新冠肺炎病毒」（COVID-19）這幾個字，在短短幾個月期間，就把驕傲狂妄的現代人三下兩下摔倒在地、無力喘息應對。當此危疑震撼之際，吾輩基督徒當如何迎迓面對，值得嚴肅思考。

一、聰明狡猾、難以面對應付的新冠肺炎病毒！

　　截至 2021 年年底，全球確診人數已超過兩億八千萬人，死亡人數為五百四十多萬人。近兩年來，「新冠肺炎病毒」這幾個字，以迅雷不及掩耳之勢，橫掃天下萬國萬民，使得活在二十一世紀、驕傲自大的地球人，在一陣驚惶錯愕、完全搞不清楚來龍去脈的情況下，就被看不見、摸不著、從來沒聽過的「新冠肺炎病毒」攻城掠地，且傷亡慘重。

從開始時的輕忽怠慢、不以為意，到封城封國、封街封市，使得原先人潮滾滾、繁榮熱鬧的市區名勝，竟然人車兩空，寂靜無聲；而各級醫院診所，病患屢屢，無處可容；醫護救治人員，勞累拚搏，仍然無法面對應付；甚至確診死亡，棺木屍袋，無處安置，令人觸目驚心。工商企業、公司行號、各級學校，在疫情險峻擴張時期，或停工歇業、或停課休學、或居家隔離，導致眾人宅居家中，街道冷清；觀光旅遊，視如畏途；市場商業，萎縮蕭條；世界經濟成長，停滯衰退。而國與國間，猜忌諉過；外交冷戰，情勢緊張。

　　從疫情初露至今，短短兩年間，國與國，論斷攻擊，國際情勢，混亂對峙，論者稱第三次世界大戰已以此種型態爆發矣。對人類未來文化社會所產生的負面影響，難以言語文字想像形容。誰也沒有想到，只不過是一個圓圓的、小小的新冠肺炎病毒，就這麼來無影去無蹤，打一個噴嚏、哈一口氣，便把驕傲的二十一世紀現代人——啊！不，也許應說是二十一世紀「後」現代人，只那麼三兩下，就把普天下當代各國英雄好漢，打趴在地，找不到應對藥物與處理方法。

　　面對善變凶狠、無所不在的新冠肺炎病毒，一向充滿自信的科學家，在絞盡腦汁、群策群力的苦思冥想、研究思考之後，對這群不知來自何方、神祕變化莫測的新冠肺炎病毒也無徹底解決之法，因為它們實在「太聰明」了，「太狡猾善變」

了，以致現代的科技醫療防疫專家，除了苦口婆心勸大家全神戒備、全力以赴之外，只好盡可能想盡辦法，躲開它、逃避它，消極地離開它，越遠越好，似乎什麼也不能做。

唉！在小小的新冠肺炎病毒之前，現代人的驕傲、自信與尊嚴，完全蕩然無存。面對小小的新冠肺炎病毒，人類的回應面對，竟然如此不堪，那麼面對整個宇宙現象的奇幻奧祕，人類究竟能知道些什麼呢？

二、新冠肺炎病毒讓我們知道了什麼？

從十六世紀以來，人不是一直在奮力高呼，我們已經脫離中古黑暗時代，進入充滿智慧理性的科學現代化時期了嗎？近百餘年來，我們這些自以為活在科技理性的現代人，豈不是越來越深信，一個活在理性至上、科學萬能、後現代科技發達時代的人，在理性科技引領之下，堅持合理的思考、客觀的科學態度，才是一切問題的答案嗎？我們以為有了理性科學，一切便有了答案。哪裡還有上帝的容身之處？

然而，誰也想不到，一個小小的新冠肺炎病毒，稍一擺動，狂妄聰明的後現代人，就被一連串的「不知道」打得七葷八素、摸不著頭腦。我們這才明白，這個小小的新冠肺炎病毒事件，使得我們這些自詡為現代知識分子的現代人所謂的「知

道」是多麼有限啊！

　　你聽過下面這句有點像繞口令似的句子嗎？「知道『不知道』的知道，才是『知道』。」譬如說二十世紀中期以後，太空科技快速發展，在這種情形下，科學家告訴我們，以光的速度來計算，月球距離地球只有一又三分之一光秒，而星系與星系間之距離，動輒以億萬光年計。整個宇宙中，地球只不過是其中一顆小得不可思議的星球而已。

　　科學家告訴我們太陽是地球的一百三十萬倍大，而參宿四星則比太陽大五千萬倍，像這樣的星球，在宇宙中多如塵沙，根本不可能數算。尤其是哈伯太空望遠鏡出現以及航海家號（Voyager）人造衛星發射以來，太空科學發展更是快速驚人。

　　面對宇宙洪荒，浩渺無際的太空，遍滿大小星際，無論星球數量或距離，動輒以千萬億計算，若真要問宇宙究竟有多大？星系星球究竟有多少？我們只能很「科學」也很「信仰」地說：「不知道。」科學越發達，人類觀察上帝奇幻奧祕的創造越深入，面對這一切莫測高深的宇宙萬象，必然會引領人虛懷謙恭、敬拜上帝。難怪愛因斯坦要說：「科學無信仰是跛子；信仰無科學是瞎子。」

　　這下你一定很吃驚吧？難怪活在星空之下的思想家，常會日以繼夜不斷陷入沉思，希望回答下面的問題：

1. 我們還以眼見為實嗎？

2. 一個人苦思生活的目標和生命的意義是什麼？能找到答案嗎？

3. 你要如何定義生死呢？

　　朋友，活在茫茫大宇宙中的我們，真的不過是一粒塵埃。我們司空見慣的事物，我們習以為常的生活，我們篤定信奉的科學，是不是應該重新思考、重新定位一下呢？親愛的朋友，請不要僅僅讓眼睛所看到的決定你的意識思想；不要讓邏輯符號捆綁你的頭腦思維，局限你的靈性光輝；一個人唯有清空思想，才能感知更多，不僅僅是知識，更重要的是智慧。

　　我常想，作為現代人，實在幸福，現代人擁有太空科技，從宏觀巨視面觀察，讓我們窺探到宇宙星系的奧祕無窮；繼之而起的奈米科技（Nanotechnology）中的奈米，英文是 nano，希臘文是「侏儒」的意思。我們現在知道奈米非常小，但是奈米到底小到什麼程度？科學家告訴我們一奈米等於十億分之一公尺。奈米如此之小，我們的眼睛看不到、手摸不到、也感覺不到，如果想一睹奈米的盧山真面目，唯一的方法，就只有使用高解析的顯微技術才看得到。

　　作為現代人，藉現代科技之助，得以稍窺浩渺星系與微末奈米，不禁驚異讚歎，伏首敬拜。根據聖經記載，上帝在「起

初」就「各從其類」地完成祂「創造」的一切工作。更以塵土，按照上帝的形像與樣式，完成了「人」的創造工作，並在人的鼻孔裡吹了一口氣，使他成為「有靈的活人」，得以用心靈和誠實敬拜這位是「靈」的上帝。

聖經創世記告訴我們，上帝看祂所造的天地萬物都是「好」的；值得注意的是，完成人的創造以後，上帝更莊嚴神聖地給了一個「甚好」的評價。根據聖經創世記記載，宇宙萬物都是上帝在「各從其類」、「上帝看著是好的」兩大原則之下，在「起初」由「上帝」「創造」完成的。創造的源頭是自有永有、奇妙的上帝；宇宙的一切存有，都是經由上帝精密設計、各從其類、從無到有、互為補益、創造而得的。

因此科學的發達，其實是始源於人類對上帝創造「各從其類」的原則，分類而進、觸類旁通，終能逐類了悟，得知前所不知，成為新知，這便是科學。「各從其類」是科學，有嚴謹的秩序與規律，可供觀察分類研究，不可錯亂；「上帝看著是好的」則是將生命的意義與價值，放在上帝永恆的計畫與眼光中衡量。

科學從來沒有創造出任何東西，只是把早已存在、上帝原先計畫中是「好」、人卻不知的神奇「發現」出來，彰顯恢復其原有的形像樣式與功能。從這個角度論述，上帝在起初就「各從其類」「創造」完成了「甚好」的一切，並把祂所造的

一切，交給我們修理看守，並且享有一切。

因此，以人之渺小有限，只能一點一滴、慢慢從「知道『不知道』的知道」開始，逐漸開啟，脫離「不知道」，進入新的「知道」。其實科學越發達，只不過是人從原先知道「不知道」的境況中，逐漸知道的過程。這個過程一經啟動，我們會對原先不知道的困惑，了悟明白，隨即跨入另一個新的「不知道」的領域。「知道『不知道』」的「知道」，就是如此這般循環不已產生的。

三、如何面對新冠肺炎病毒？

在新冠肺炎病毒肆虐流行期間，有許多問題是我們苦思不得其解的疑難問題。我們找不到答案，不知道這些災難病痛、痛苦死亡，為什麼在此時此刻臨到我們？尤其是這次影響及於全世界、衝擊到每一個人的生活習慣、文化習俗的新冠肺炎病毒災害。面對每天各種媒體連篇累牘、千變萬化的報導，教導我們該如何迎戰新冠肺炎病毒的各種戰術，徹底改變攪亂了現代人早已習慣的生活常規與習慣。

這個世界在短短的幾個月內徹底改變，它是暫時變了？還是永不回頭地變了？我們該怎麼辦？看來心靈不安、焦慮愁煩是無可避免的普遍現象。據統計，在這一段病毒肆虐流行期

間，憂鬱症、家暴、離婚案件均有明顯上升的趨勢。而防止新冠肺炎病毒流行的各項封國、封城、封街、封市措施，對人類社會文化及經濟發展所產生的連鎖反應，眼看著從暗潮起伏，快步流向波濤洶湧的高峰，尤令普世人心憂慮不安。

這些危疑緊張的現象，再通過各項媒體對我們這些現代人進行連環砲式的洗腦遊說。可笑的是，在這些有關新冠肺炎病毒的節目中，連主持人都會警告觀賞這類節目資訊的閱聽人，每天以半小時為宜，否則難免陷入憂鬱困擾之中，有礙身心發展，真是令人啼笑皆非。我禁不住要問，上帝藉著這次冠狀肺炎病毒，究竟要告訴我們什麼？

是的，在焦慮愁煩中，我們仍然必須憑著信心、對創造的上帝心存敬畏。沒有人喜歡病痛災害，然而如前所述，在上帝的創造中，一切的被造現象都有其超越表面現象的意義存在。基督教的信仰告訴我們，一切表面現象的終極意義都有上帝創造「各從其類」彼此配合、形成上帝「都是好的」的結局。這樣的信念，引領我們在苦難災害中奮勇前行，跨越艱難困苦，進入上帝所賜奇妙恩典生命祝福之中。在此種信仰情況下，讓我們回到上帝面前，同聲敬虔，獻上禱告：

主啊！當我們面對困難險惡、驚惶失措、拚盡全力，仍然一無所知、求解無門之際，我們知道，從創世以來，祢就秉持

「各從其類」、「看為美好」的兩大原則，設計創造完成奧祕雄偉、奇妙難測的宇宙萬物。而渺小有限的我們，一直活在祢所創造極其有限的時空限制之內。

因此，我們對祢的認識了解，也只是極其有限狹隘，甚至是完全錯誤的。求祢在我們的狹隘有限無知中，牽引我們逐步進入祢的豐盛奇妙恩典中，使我們越來越更多認識祢、知道祢。能夠跨越我們看得見的、有限的現象表層，進入祢完美創造計畫的無限豐盛之中，越來越逐步進入知道上帝原先創造的諸般奧祕設計之中。奉主的名，阿們！

我知道怎樣處卑賤，也知道怎樣處豐富，或飽足、或飢餓、或有餘、或缺乏，隨事隨在，我都得了祕訣。我靠著那加給我力量的，凡事都能做。（腓立比書四章 12-13 節）

本文刊登於 2022 年 2 月號《宇宙光》雜誌

國家圖書館出版品預行編目CIP資料

熱情的靈魂不起皺：林治平精選文集 2018-2023
林治平 著
初版. -- 臺北市：宇宙光全人關懷 , 2023.10
　　面；　　公分
ISBN 978-957-727-623-0 (平裝)

1. CST：基督教　2. CST：教牧學　3. CST：文集

240.7　　　　　　　　　　　　　　112014755

熱情的靈魂不起皺

林治平精選文集 2018-2023

作者	林治平
總編輯	金薇華
主編	王曉春
資深編輯	張蓮娣
網頁編輯	王品方

發行人	林治平
出版發行	財團法人基督教 宇宙光 全人關懷機構
地址	106026 臺北市大安區和平東路二段 24 號 8 樓
電話	02-23632107
傳真	02-23639764
網站	www.cosmiccare.org/books
郵政劃撥	11546546（帳戶：宇宙光 全人關懷機構）

承印廠	晨捷文化事業股份有限公司
經銷商	貿騰發賣股份有限公司 www.namode.com
	電話：02-82275988

2023 年 10 月 5 日 初版 1 刷
定價：300 元